一眼望見你

倪小恩●著

Content
目次

推薦序

嗨，大家好，我是洙寧，很高興有這個機會能替小恩撰寫《一眼望見你》推薦序，真的非常榮幸！

同時也要在這邊向小恩道聲恭喜，恭喜妳順利出版人生的第一本商業誌！或許大家都有所耳聞，近年來市場蕭條，出版業邁入寒冬，在這種困境下，身為新人想要出書相當不容易。在得知小恩過稿之際，真的替她感到非常開心，當自己筆下故事有幸實體化甚至遍及市場，那份感動簡直難以言喻，所以，真的要在這裡大大地獻上恭喜！

《一眼望見你》故事相當輕快，初看楔子時就有預感這會是部輕鬆快樂的喜劇，無論是女主角佑盈的個性，抑或是其心裡話，都令人忍不住會心一笑。看到中間一度覺得佑盈的內心世界也未免太戲劇化，但仔細一想，女孩子在陷入單戀時，何嘗不是這副模樣呢？也許在朋友的眼裡，戀愛中的自己大概也是這個樣子吧？（笑）

看完前三章，其實隱隱約約有猜到故事接下來的走向以及結局，即便如此我還是很想知道劇情究竟是如何推演。類似的戲碼或許在言情小說相當常見，但最重要的還是中間的過程，結局固然重要，但享受其中也是值得探討的一環。如果看到中間跟我有相同的想法的你們，不妨耐住性子，別急著往後翻，跟著主角佑盈一起展開她的追愛之旅吧。

《一眼望見你》大概就是一部歡笑中帶點微酸的校園故事，如果怕虐的讀者也別太過擔心，我個人認為這部倒是灑了不少糖粉，後段甜到讓我都忍不住想戴起墨鏡了呢，至於喜歡甜文的你，就更不用說了。

最後，還是要再次祝福小恩，相信《一眼望見你》出版只是個開始，期待妳之後能繼續寫出更多的作品，妳那驚人的打稿速度及創作精神，一定能替自己開創最棒的康莊大道，加油！

By 莯寧

自序

嗨大家好，我是倪小恩，文友以及讀者都習慣性地叫我小恩。

一開始，我只是想寫個歡樂的故事。

大學結束後，邁入了研究所時期以及出社會工作的階段，有好多好多的瞬間，讓我不禁回味起大學時代當學生的那種自由感。

回憶起自己在校園中因為上課時間快到而快速奔跑著，回憶起自己與同學們吃著不怎麼好吃的學校餐廳，回憶起因為趕報告或是準備考試而熬夜著，更回憶起曾經與喜歡的人一起漫步在校園中的情景。

我想，不論是社團、上課以及玩樂的安排、或是談戀愛，在大學這樣青澀的階段有不少人應該都是初次嘗試到。

而李佑盈這個角色對於大學的期盼，就如同所有剛進大學的新生一樣，對這未知的小世界充滿了期待與嚮往，甚至是美好的幻想，她勇敢追求，但卻也迷迷糊糊。

她會因為喜歡的人而煩惱難受，也會因為喜歡的人而試著改變自己，這些的種種相信不論是男生還是女生，多多少少都有體會過這種感覺。

而每個系上，很奇怪的都會有幾位如風雲人物般的學長，他們的長相可能並沒有特別帥氣，但在運動場上的表現卻又帥氣滿分。

所以，我也創造出了這樣的故事來。

這本故事，歡樂的時候歡樂、難過的時候難過，讓讀起這本故事的你可以跟著主角的情緒起伏，寫作過程很順利，我幾乎沒有卡稿過，從開始寫作到完結，大約只花了一個月的時間而已，我很快的就將這個故事給完成。

靈感通通來自於我大學時期周邊的一些人事物，當然學校是虛幻的，角色也是我自創的。

在寫作上，我耕耘的時間很長久，卻從來沒想過自己會出書，今年是我最幸運的一年，不僅文學獎得獎，也順利出了實體書。很謝謝出版社對我的青睞，也謝謝購買這本書的你，未來我會帶來更多的故事給大家。

By倪小恩

楔子　從小到大的暗戀

我的名字叫李佑盈，從以前到現在，偶爾會有個很詭異的綽號，叫做『妳又贏』。

沒錯，就是妳、又、贏！

人家總是叫我又贏又贏的，好像我天生命好不論做什麼都會贏人家，但我覺得根本就在瞎扯，若用在成績上的話，我並沒有常常贏別人，功課馬馬虎虎還過得去。若用在長相上，全身上下也只有眼睛比別人大一點，臉也比別人大一點，嘴巴也比別人大一點，但這樣的五官排列在我的臉上，卻顯得很普通，長相沒有贏人家多少，也沒有輸人家多少，自始自終長相普通到極點，是那種看過就會忘記的路人之一。

總而言之活到現在，我覺得我在我人生中並沒有贏到了什麼，這個名字也不知道爸媽當時生我的時候是怎麼取名的，不過幸好我們家沒有人叫做李佑書。

又輸又輸的，能聽嗎？

如果可以，我希望我的名字可以寄託在我的感情上，讓我的感情是贏的。

並不是贏過別人，而是贏過過去的自己。

我相信每個女孩，從小到大都有偷偷喜歡過別人的經驗，那個人有可能是妳的同學、妳的鄰居、妳的朋友，或是妳的……學長。

截止到目前為止，我有三次喜歡人的經驗。

第一個喜歡的對象是在我國小四年級的時候，那時的他，是我們班的班長。

我喜歡他的原因是因為他很熱心助人，並且不管對誰，他臉上總掛著溫柔的笑容。

原本我只是偷偷的喜歡他，喜歡與他擦肩而過不小心碰到他，喜歡上課偷偷觀察他的一舉一動，喜歡與他聊天看著他臉上的笑容。在有一次的換座位，當我發現我與他相鄰隔壁的時候，我簡直高興死了。

但我不能表現的這麼明顯，因此當我搬著桌椅來到他身邊的時候，我故意挑了眉，「哦？原來你坐我隔壁啊？」故意裝作一副冷淡的樣子。

他笑笑的點了點頭，對任何人都是笑笑的，並不是只對我笑而已。

我豪邁的拉開座位，鎮定坐下，天曉得此刻我早就高興得快要飛上天了！

因為與他鄰座，所以我跟他的關係越來越要好，即便一學期過後重新換座位，我們的感情依舊很好。

只是，我想我是越來越貪心了，每當看到他笑著跟他隔壁的女同學說話時，我總是覺得不開心，甚至故意惡劣的開起玩笑。

「吼——」有一節下課，我故意繞到他跟那女生的身後，「你們偷偷在談戀愛啊？」

「李佑盈妳不要胡說好不好⁉」女同學當下否認，瞪了我一眼後立即閃人，但我卻看到他臉紅了。

本來只是想要鬧一下他的我，在看到他臉上紅暈的同時，我整個腦中一片空白。

等等，他為什麼要臉紅啊？

「欸，你……你喜歡她啊？」我小聲的問，心中卻開始著急的吶喊著：拜託不要啊！

他害羞的抿著嘴點了點頭，我頓時間如同當頭棒喝，這一棒，打得我好暈。

我裝作沒事樣，輕輕的拍了他的肩膀，要他好好加油，甚至可以的話就趕快勇敢的告白。

天知道，我的心在淌血啊！

於是，我第一次那還沒開花結果的戀情，就這樣消失了，我失戀了。

鬱鬱寡歡了一天，心中雖然覺得難過，但很快的振作起來。

再過一個學期後，班長轉學了，轉學前，他也沒有跟那女生告白，就這樣離開學校。

而第二個喜歡的對象，我國小六年級的時候。

會喜歡他的原因我想可能是因為他長得有點帥又有點吵吧！小麥色的皮膚、高挺的鼻子、深黑的眉毛以及那雙大眼睛。

起先會注意他純粹只是因為他長得帥，結果就莫名其妙喜歡上他了。

女生的青春期都會比男生還要早來報到，因此那時候的他整整矮了我一截。

我都會故意取笑他的身高，笑他比我矮，笑他小矮人，種種的玩笑只是想要吸引他的注意。

但他卻罵我醜八怪。

一句小矮人、一句醜八怪，就這樣直到國小畢了業，我的戀情一樣是沒有著落。

升上高中時，我遇到了第三位喜歡的對象。

青澀的年紀沾滿了微微羞澀的氣息，有的女生私底下都會討論著班上的男生，班上有的男生有時也會偷偷注視著自己心儀的對象。

他，是一位學長。

很亮眼的學長，而且聽說他有個穩定交往中的女朋友，即使知道這份戀情最終會以悲劇收場，但我還是喜歡上了他。

努力在人群中追尋著他的身影，當目光注視在他臉上時會期許他的眼神能夠與我交會，僅僅只是一秒鐘也好，當迎面而來的身影與自己越靠越近的時候我會開始緊張，心跳不規則的狂跳著，但若一直注視著對方，這份心中的暗戀又會被人給發現，於是，我裝作若無其事的與身旁的同學聊天，期許自己的右肩能夠與對方擦肩而過，制服微微摩擦的聲音讓我的心跳越來越快，那一瞬間我幾乎快要克制不住那即將要爆發的緊張情緒，彷彿，下一秒我就會窒息似的。

這窒息般的暗戀一直持續到那學長畢業就結束。

起碼，他知道了我的名字，我跟他說上了幾句話。

即使戀情沒有開花結果，但我也沒有任何遺憾。

接下來……

接下來要迎接的是我的大學生活。

我想要的不只是暗戀而已，我想要光明正大的和對方在一起，我想要和對方手牽手，我想要和對方擁抱，我想要——一場超越先前暗戀的戀情！

我，要贏！

第一章　美好的大學生活

寫過了多少份的考卷、算過了多少份的試題、熬過了多少天被一堆科目轟炸而疲累不堪的日夜，我那水深火熱的高三日子總算結束了，同時也錄取到了心中所想念的大學。

「妳知道大學生活要做的事情是什麼嗎？」我問，從書桌下拿出了一個先前網購收到的盒子。

高三升大學的暑假期間，我高中三年好友林曉彤跑來我們家玩，我和她都在學測階段就推甄上了大學，命運的安排下，我跟她上了同一間大學，但不同系所。

「當然是……談戀愛囉。」躺在床上的林曉彤指了指我拿出的盒子，一臉好奇，「那是什麼啊？」

「嘿嘿嘿嘿。」我笑了笑，「妳說的沒錯！大學必修學分三大要素之一，就是談戀愛。」說著，我開始用美工刀拆起盒子上的包裝。

「這到底是什麼啊？」曉彤又問了一次，我嘿嘿嘿的笑，沒有回答她的問題，繼續說：「妳知道嗎？我們學校男生宿舍和女生宿舍正好面對面呢！」

「這我知道，要推甄前早就都查好資料了。」

「那麼……妳有沒有想到要準備個——」我將盒子裡面的東西給拿出來，「望遠鏡啊！」

我滿意的高舉著望遠鏡，這個我未來要拿來當作偷窺帥哥的工具。

曉彤愣住，隨後一臉笑了開，「哇！李佑盈，妳……妳真的很變態欸！竟然買了望遠鏡來？」

「我哪有變態？我只是覺得……要在閒來無事的時候，欣賞一下鏡頭裡的『生物動態』啊……」

連我自己都超級佩服自己的。

「妳怎麼會想到要買望遠鏡啊？」

「大學某位不知名的學姊說的，她說她就是靠望遠鏡來找到她的如意郎君呢！」我說：「如果妳覺得望遠鏡太貴不想花錢的話，妳可以來我的寢室跟我借，我們都住女宿嘛！」

「哈哈哈哈，才不用，我自己也網購一個望遠鏡好了，不然每次都要跑去跟妳借也是一件很麻煩的事情。」曉彤說，從我床上起身走到我的電腦桌前，「電腦借我一下。」

「我就知道，我幫妳存在我的最愛裡面了！妳點一點，然後登入妳的帳號密碼就可以了。」

「哇，妳想的可真周到啊！」她笑了一聲後，一屁股坐上開始操作。

這望遠鏡可是我瞞著爸媽偷偷買的，若到時被他們發現我買望遠鏡的話，我還可以跟他們解釋說是因為系上有些必修科目要求做『生態』長期觀察。

哈哈哈，這個理由夠妙了吧？

所以啊！現在只能期許位於女宿對面的男宿，有存在著我想要好好觀察的『生態』。

★

我想要一場超越先前暗戀的戀情。

為了讓這個理想趕快實現，在學測分數一出來，我就趕緊上網查哪間學校的系所男生佔的比較多數？哪間學校男生女生的宿舍比較相近，好讓我可以在宿舍面前有個不期而遇的邂逅？

想像著我一個人努力的在宿舍面前拖著一個大大的塑膠袋，眼看著宿舍門口就在前面了，我卻因為沒有力氣而站在原地那喘息休息。

對面的男生宿舍正巧有人走了出來，看到我一個女生懊惱的瞪著地上那一大袋東西，他向前開口了。

「同學，需要幫忙嗎？」他柔聲的問，聲音聽起來輕輕柔柔的，讓我有種飄飄然的感覺。

我裝作一臉驚訝，然後裝作一臉不好意思，「不用啦！快到了，我只是休息一下而已。」邊說還邊故意揉了揉肩膀，甚至像林黛玉那樣捧著胸口。

嗚！人家胸口疼啊……

「沒關係，我幫妳！」說著，他一把抓起我那大袋子，動作俐落的往女生宿舍門口走過去。

「同學，真的很謝謝你欸！」我向他道謝，「如果沒有你，我還真的不知道該怎麼辦才好……」

「小事一樁，這沒什麼好謝的。」

「你叫什麼名字啊？哪一系的？我下次請你喝飲料。」

「我叫——」

當我沉浸在我美好的幻想時，曉彤叫了一聲，「耶！我訂到了！後天就可以拿到貨囉！」

我回過神，看著手上的望遠鏡，然後對她笑了笑，手握起拳頭。

為了那未來的戀情，李佑盈，衝吧！

★

過幾天後，我們搬到了大學的宿舍。

我的房間位在於宿舍九樓，曉彤的房間正巧位在七樓，為此我們高興了很久，還約好偶爾要到對方的寢室串一下門子。

因為爸媽有事無法來幫我搬宿舍，所以我的行李是由曉彤的爸爸幫忙的。

「佑盈，妳先在這裡顧一下行李，叔叔等等就來幫妳。」叔叔親切的對我說，我點點頭。

「對啊！等等搬好後我們一起去吃飯。」曉彤說。

我對他們揮了揮手，他們隨即消失在女宿的大門裡。

現在的我站在女宿門口，一個人呆呆的和成堆的行李作伴，眼前其他人都有家長來陪同，不免覺得自己是個格格不入的人，心中也不禁開始抱怨起老爸為何偏偏有事情。

豔陽下，學長姊們在男生宿舍和女生宿舍中間的草原上搭起了棚子，招攬著青澀稚嫩的新生並協助搬宿，即使已經揮汗如雨了，有些學長的衣服甚至被汗給浸濕，但卻遮掩不住他們臉上的笑容以及面對新生們的熱情。

八月底的太陽刺眼的令人睜不開眼睛，我的目光四處亂看，看到了一位家長幫自己的女兒用推車推著行李，幾件行李因為推車的上下晃動而滾出了推車，那名學生慌張的撿起那滾出的行李，一臉心疼的看著胸前那包東西。

「老爸！你小心一點啦！這望遠鏡很貴欸！」她對著她爸抱怨起。

我耳朵一豎，心裡直發笑，原來大家想的都是一樣的。

★

酷熱的天氣最終還是讓我流了幾滴汗水，我拿出衛生紙拭去汗水，也發現周圍的新生越來越多了。

「學妹，妳什麼系的？」突然，一個好聽的聲音響起，我愣了愣。

這聲音怎麼這麼好聽？頓時之間自己好像被春風給包圍住一樣，覺得好溫暖哦！

有一股好聽的聲音，一定有張帥氣的臉龐，於是我抬起頭，眨眨眼睛對上了那位學長。

之所以知道他是學長，是因為他身上正穿著導生的背心，還有他剛剛喚我的那一聲『學妹』。

天啊！這學長不僅聲音好聽，就連臉也……長得好帥啊！

皮膚白白淨淨的，戴著粗框眼鏡的他有點白面書生的感覺，鏡片後的那雙眼睛是最近女生最哈的單眼皮，看起來好斯文啊！

「學妹？」見我沒有回答他，他又叫了我一聲，「妳什麼系的？報到了嗎？」他問。

我趕緊回過神來，「呃喔，我、我報到了。」突然跟一個陌生男生說上話讓我覺得好緊張哦！

「報到了怎麼一個人在這裡？沒有人幫妳搬宿嗎？」說著他便蹲下身，抓起我旁邊那一堆行李。

「啊啊學長！」我趕緊叫住他，「我是跟我同學和她爸一起來的，她爸爸先幫我同學搬，等等他們會來幫我的。」

學長一聽，不到一秒鐘便給了我一個笑容，「沒關係，我來幫妳搬。」

我看著他的笑容發愣，直到他把我身邊的行李拿走後我才回過神，連忙拿起剩餘的行李追上去。

天啊！剛剛的那笑容！那笑容！那笑容啊啊！

有人的笑容真的會電死一堆人，到現在我總算能體會這句話的涵義了。

學長的笑容很帥氣又很好看，有股說不出來的魅力，而且臉頰上還有顆小酒窩。

此刻我的心臟如小鹿般亂撞，好像下一秒那顆心臟就會從我嘴巴跳出來似的。

我傳了訊息給曉彤，跟她說一下有學長要幫我搬宿舍。

「學妹，妳什麼系的啊？妳剛剛還沒有告訴我呢！」在電梯門口排隊的時候，他轉頭問了我，

「剛剛報到的時候有發名牌給妳吧？」

「哦，有。」我邊說邊從口袋中拿出名牌，然後掛在脖子上。

「李佑盈，醫工系，住九樓嘛！」他輕聲的說著我的名字，讓我頓時之間起了雞皮疙瘩。

學長，你的聲音怎麼可以這麼好聽又這麼有磁性啊？尤其當我的名字從你嘴裡說出來的同時，聽起來莫名的幸福啊！

我的心中狂尖叫，但表面上卻靦腆的對學長微笑，如果被學長發現我花痴那可就不好了。

「學長，你也是我們系的嗎？」我問。

快！快點！快點說你是哪一系的？我需要你的資料啊！

「嗯，對啊！我是你們大三的學長。」

哇！是同系的學長欸！那代表以後見面的機會更多囉？嘿嘿嘿……

我那望遠鏡是不是白買了啊？是不是等等該拿去二手網路店販賣啊？

等等，不行——

「學長，那你也住宿嗎？」我指了指男生宿舍的方向。

心中吶喊著：快說對！快說你也住宿舍！

「嗯，對啊！住宿舍比較方便嘛！」他笑著說。

我聽到內心更加的欣喜，哈哈哈哈哈，我找到我望遠鏡可以觀察的『生態』了。

『生態』就是生物的生活型態，我要觀察這位學長的生活型態。

呵呵，我這樣是不是很變態？

人為了達到目的，需要不擇手段，那我為了達到我的目的，我需要變態一下。

電梯馬上就輪到我們了，在電梯門叮的一聲開啟後，裡面正巧是曉彤和叔叔。

「太好了！」叔叔高興的對我說：「剛好可以幫妳搬上去。」接著，他笑笑的對著那位學長說：「同學，謝謝你哦！接下來交給我們就可以了。」

熱情的叔叔一把抓走學長手上的那些行李，然後把其中一些行李分給曉彤，接著把我推進了電梯。

等、等等——

「沒關係，我還是可以幫忙的。」學長笑笑的說。

「不用不用，我們自己可以。」叔叔婉拒，站在電梯門口的他也不退後讓出空間，擺明了就是我們可以自己來。

學長見狀，笑笑地對我揮手，然後電梯門也在此時緩緩關起……

不——

我看著我那停在半空中的手，揮不到幾下電梯門就這樣無情的在我面前關起。

與學長間距離一步的距離，也被漸漸的拉遠離……

我瞪大眼睛，不得不接受眼前的事實，也想到了剛剛竟然沒有問學長的名字。

悲劇啊啊啊！我剛剛為什麼不先問名字的啊!?

頓時之間我很想用力的把頭往電梯牆撞。

★

女生宿舍為四人一間，當我搬進去的時候，裡頭正巧有一位女生在整理行李，她叫蘇蔓婷。美女！這是我第一眼看到她時腦中冒出來的兩個字。

「嗨，妳好。」她對著我打招呼，「妳是李佑盈，對吧？」

寢室門上的門牌都標示著每一床上的學生姓名，所以在進去寢室前，我也得知了她的名字。

我微笑的對她揮著手，「嗯妳好，妳是蘇蔓婷吧？」

在我跟曉彤放置行李的時候，蔓婷一直坐在上舖床整理著衣服，看她慢條斯理的動作，有條不紊，且又優雅的不乏氣質，我猜想她一定是未來許多男生會注目的對象。

所謂近朱者赤、近墨者黑，是否……跟蔓婷相處久了，我也會變得有氣質呢？一定會的，到時候我也不需要假裝我就有氣質了……我心想。

「那個……佑盈啊！」當我把書桌擦拭好開始整理行李的時候，蔓婷突然叫了我一聲。瞧，連她的聲音聽起來也特別的溫柔，這簡直是大家閨秀了。

「嗯？什麼事？」

「為什麼妳要帶望遠鏡啊？」她問，我心中一驚。

「呃……」面對系上的班上同學，我總不能撒謊說是要觀察生態吧？

於是，我胡亂扯著：「我喜歡看星星，所以我拿望遠鏡是要來觀察星星的。」

她微微皺起眉，卻也沒說話。

旁邊的曉彤對我翻了白眼，小聲的對我說普通望遠鏡根本就無法看到星星，看星星要用天文望遠鏡。

呃……

還好蔓婷也挺給面子的沒有繼續追問下去。

將東西放置差不多的時候，我走到落地窗那，拉起窗簾望著窗外的景色。

「怎麼樣啊？是個很好觀察『獵物』的地方吧？」一旁的曉彤吃吃的笑。

遠遠望過去，整片男生宿舍在我的眼下一覽無遺……才怪。

每間男生宿舍幾乎都拉上了窗簾，只有少數幾間沒有拉上而可以看到寢室裡面，仔細看，男生宿舍寢室與我們女生宿舍寢室的格局一樣，也是四人一間。

也不知道剛剛那位學長是住哪間呢……

★

新生搬入宿舍的下午，就是開始為期三天的新生訓練了。

我們新生從下午開始就不斷的聽演講，那些演講不外乎就是什麼選課如何安排的漂亮以及一些基礎的銜接課程等等，一個演講差不多兩個小時，從下午聽到晚上每個新生也在底下睡成一片了。

台上教授的聲音像是催眠一樣，不斷的招來我的睡意，於是我翻著手上的資料，試圖轉移注意力。

資料上面寫著明後兩天的講座內容，看了看，我不禁皺眉，覺得這些課程完全提不起我的興致。

我嘟著嘴，無聊的東看西看，正巧看到講台旁邊有個眼熟的身影。

等等……那個不是今天早上遇到的那位學長嗎？

太好了！本以為再次見到他可能要等好幾天後了，沒有想到今天竟然能夠再次看到。

接下來的時間，我的目光一直投射在那位學長身上，他靜靜的站在後面，抿著嘴露出淡淡的笑意。

我一直看著他，心中期許他也能夠跟我對上眼，即使只有一秒鐘也好。

大約過了十分鐘後，突然有位頂著紅褐色頭髮的男生從旁邊出現跟他講了幾句話，然後，那位學長就跟著那位男生離開了教室。

我目光追逐著他的身影，就在他要消失在門後的那一瞬間，我不禁大喊了一聲：「等等——！」喊完後我隨即意識到自己死定了，因為我就那樣直接打斷了教授的演講，一瞬間，整間教室的目光都往我身上移。

呃……

「同學，請問妳有什麼問題要提問的嗎？」台上的教授笑笑的對我說，還給了旁邊一位學姊一個眼神，沒多久學姊就遞上麥克風。

我傻傻的接下麥克風，站起了身。

台上那位教授似乎很高興有人要提問，但現在的我腦中一片空白，根本就不知道要提問什麼。旁邊的蔓婷對我投射納悶的眼光，卻不知道我現在正處於坐如針氈的時刻。

我飛快的看了看投影片上面的內容，慘了，一堆英文根本就看不懂，怎麼辦啊？

「同學，有任何問題都可以提問的，歡迎妳提問。」教授又說了一聲，我心中嘆了口氣。

有任何問題都可以提問的，這可是您說的哦！

「教授好，我……我叫李佑盈。」今天的演講聽下來，旁邊的導生學長曾對我們說若要向教授提問得先自我介紹會比較有禮貌。

「妳又贏？」教授唸了一次我的名字，點了點頭，「這名字不錯聽。」

「教授……真、真的任何問題都可以向您提問的嗎？」我再次確認。

「是啊！歡迎妳問。」

我深呼吸，想要藉此吸取到更多的勇氣，然後我開口：「教、教授，學、學生我很久以前就聽過教授的名字，仰、仰慕已久，今、今日能夠見到教、教授您是、是學、學生我的榮幸……」即使做過了深呼吸，但我還是緊張的有點結巴。

每講一句話，教授就點了點頭，即使我很明顯的是在拍他馬屁，他看起來還是很開心。

「教、教授。」我再次深呼吸，決定豁出去一切了，「方便請問一下您的領帶是在哪裡買的嗎因為我也想買一條送我爸。」

我快速且毫無斷句的說完後，空氣彷彿停滯了一秒，下一秒流動的瞬間整間教室發出劇烈的笑聲，我僵著表情，紅著臉，卻笑不出來。

就連教授也呵呵的笑，他拿起麥克風，比了手勢要我坐下。

「呵呵呵，這位同學，教授我身上的這領帶是我老婆出國買給我的，在哪裡買的我也不知道，我今天就回去問問，下次碰面一定告訴妳！」

我僵笑的點點頭，心中卻想挖個洞躲進去，真是丟死人了！

下次碰面一定告訴我？只是我不想再出現在您面前了……

★

我們這一屆總共有兩個班級，演講結束後，每個班級由各班的導生學長帶去另外一間教室用餐，學長姊們幫我們新生準備了便當，要我們進入教室的時候順便領取便當。

我領取便當的時候，導生學長還對我眨了眨眼睛，「妳又贏學妹。」

我無奈的笑，很想躲起來，好像經過剛剛那場演講後，大家都知道我的名字了……

我苦悶的吃著便當，一旁的蔓婷見狀，「妳還好嗎？」

「沒事。」沒事才怪，臉都丟光光了。

她翻了翻資料，說：「等等系學會的人要來講一下話。」

「是哦？」我心不在焉，開始觀察著班上每一個男生，看看是否可以看到顏質高的男生好可以掃走我心中的陰霾。

只是看來看去，都長得很普通，各個都是路人甲，一眼看過就忘記了，都沒有那位學長來得又帥又吸引人。

吃完晚餐後我走出教室打算洗個手，同時眼神也四處觀望，看能不能遇到那位學長，如果遇到了我一定要上前去跟他說說話。

他應該還記得我吧？雖然我們只講了幾句話而已。

只是洗完手後的我又在教室外面繞了一圈，就是沒有看到那思慕一天的身影。

我回到座位上坐好，彼此不熟的新班級，新生們只敢跟附近的人聊著天，大家都顯得羞澀，我和蔓婷邊翻著資料邊有意無意的聊著天，突然間，一個身影擋住了我的光源。

我皺眉，抬起頭看到底是何方神聖敢擋住本姑娘的光線。

「李佑盈？」那個男生叫了我的名字。

咦？他是我們班的嗎？不然的話我應該會對他有些印象才對啊！

因為他的長相對我而言並不是屬於路人甲，首先是他的身高，這麼高大肯定破一百八十了，不知道有沒有一百九呢，再來是高挺的鼻子與那雙深邃的眼睛，勉強可以說是帥哥，但若要跟那位學長相比起來又顯得遜色了一些。

「你……你是誰啊？」我眨著眼睛看著他，一臉疑惑。

他瞇起眼睛，「妳真的是李佑盈？」

「嗯啊，你怎麼會知道我的名字？」等等，我這麼問不是廢話嗎？經過下午那場演講班上的人應該都知道我名字了吧。

「剛剛演講時知道的。」他果然這麼說。

「所以……找我有事？」我神經失調般的眨了眨眼睛。

「妳還記得我嗎？」他說。

「啊？」我愣住，他……他在跟我搭訕嗎？

妳還記得我嗎？我好像在哪裡看過妳？諸如此類的話，用這些老掉牙的搭訕用法已經退伍了啦！

「妳不記得我啊？」他又說。

我搖搖頭，看他的樣子他好像真的是在認人。

「我是李逸光啊！」

我再度搖搖頭，好像有點耳熟，但我不認識他啊！

「我是妳國小同學妳忘了？」

他的話像落雷打在我頭上一樣，轟的一聲，接著我瞪大眼睛看著他。

「你是李逸光!?」我不敢置信。

「看妳的樣子總算是想起我了，對吧？」他笑了笑，後面小聲補了一句：「醜八怪。」

世界竟然這麼的小，我竟然遇到了國小六年級暗戀的對象。

眼睛瞪大的看著眼前這位高大男生，我說：「還真……好久不見啊……沒想到你長這麼高啊？我記得我以前都叫你小矮人呢。」

「對啊！好久不見了，有六年了呢！」

「嗯啊……」我輕吐了一口氣。

六年前的事早就忘光光了，我只知道自己曾經喜歡過他而已。

「妳剛剛挺好笑的，竟然問起教授的領帶在哪裡買。」

「呵呵呵……」我僵笑，拜託可以不要提起我剛剛好不容易才忘掉的事情嗎？

和李逸光聊了幾句，導生學長就走進了教室，一臉笑咪咪的對我們說要開始自我介紹。

蔓婷果真如我想的一樣，漂亮又氣質的她馬上是整間教室的焦點。

「大家好，我是蘇蔓婷。」她溫柔的開口介紹著自己。

瞧！第一排的那些男生們口水都快滴到桌子上了啦！

還有！旁邊那些學長們色瞇瞇的表情是怎麼一回事？死變態啊？

輪到我自我介紹的時候，我咬著下唇尷尬的微笑，因為一旁的導生學長馬上就大叫：「妳又贏！」

我輕咳了一聲，裝鎮定，「大家好，我叫李佑盈，姓是木子李，不是你我他的你，雖然大家常常妳又贏妳又贏的叫我，但其實我有個綽號，大家可以叫我盈盈。」我將這番自我介紹詞說完，然後笑笑的對班上同學點了點頭。

「好，我們歡迎妳又贏學妹！」導生學長說完熱烈的掌聲響起。

這欠揍的導生學長，都說要叫我盈盈了！

但其實，盈盈根本就不是我的綽號，而是臨時我亂想出來的綽號。

盈盈，不覺得聽起來就是個很可愛很迷人又很天真的名字嗎？

盈盈，我努力想像著當這兩個字若從那位學長口中說出來是多麼的好聽，好聽到可以媲美天籟啊！

「妳叫盈盈？好可愛的名字哦！」那位學長溫柔的對我笑了笑，「就跟妳人一樣的可愛！」

嘿嘿……

★

班上每位同學都做完自我介紹後，導生學長對我們說接下來系學會會長要對我們新生講幾句話。

「各位新生好，我是這一屆的系學會會長，大家可以叫我小扁。」一位穿著藍色上衣底下穿著牛仔褲，整身的藍色系列又加上有點圓圓的肚子，我看應該改叫哆啦A夢才對。

接下來又是繁瑣的致詞內容，接著，系學會的成員們開始做自我介紹。

我的目光左飄飄又飄飄的，飄到某人身上的同時眼睛頓時一亮。

這、這不是那位學長嗎？

麥克風輪到他的時候他溫和的笑了笑，渾厚的嗓音傳到每個人的耳中，「不好意思，其實我不是副會長，副會長人正在鬧肚子痛無法前來，我只是臨時代替他而已，副會長名叫許翊堯，大家可以叫他阿堯。」

誰管那副會長叫什麼名字啊？我現在只想知道你真正的名字啊啊啊！

眼見麥克風輪到下一個人身上，我的臉也垂了下來。

結果，這三天的新生訓練結束，我還是無法得知道那位學長的真正名字。

學長，你到底叫什麼名字？學妹我想要知道啦！

★

過幾天是萬受矚目的抽直屬大會。

大學很有趣的，都會有個直屬學長姊來照顧自己，好的直屬學長姊會帶你上天堂，課本筆記考古題通通都會留給你，壞的直屬學長姊只會讓你吃泡麵，吃泡麵存錢買那厚重的課本，筆記也要自己抄寫，而考古題？直接去吃土還比較快。

我只乞求不要讓我抽到奇怪的直屬就好了，但若有個學長姊能夠照應自己，那是再好不過了！

而且，最好是有一位帥氣的學長來當我的直屬，如果是這樣的話，我這大學四年一定會過得很幸福。

抽直屬的時間故意安排在晚餐之前，為的就是可以跟學長姊去吃一頓晚餐，好讓彼此更加的熟識。

我莫名的被推派第一位上前抽直屬，伸手在箱子裡面摸了摸，最後我拿出了一張字條，上頭寫著一串手機號碼，當我正納悶的時候，台上的一位學長解釋著：「那是你們直屬學長姊的手機號碼，現在大二的學長姊全在外面等待，抽到的話就趕快撥打出去認直屬囉。」

我拿出手機，照著上面的數字一一的輸入，響沒多久對方就接聽了，『喂？』

哇，對方是學姊呢！

「喂？」我趕緊應聲。

『嗨，學妹，妳現在在教室裡面吧？趕快出來哦！我在教室外等妳！』

我邊和學姊通電話，邊走到教室外，昏暗的燈光打在教室外面，外面每個人的臉都有些黯淡。

『學妹穿著白色衣服嗎？』

「嗯，然後黑色褲子。」我補充。

『我看到妳了，妳站在那邊別動哦！』

沒過幾秒，眼前一位漂亮的學姊對我揮了揮手，「嗨！學妹！」

「學姊好。」我微笑的和她打招呼，「我叫李佑盈，可以叫我盈盈。」

「盈盈？很可愛的名字欸！我叫小花。」

看著她的笑容，我真的覺得人如其名，小花學姊笑起來就像是一朵花。

教室外頭的人越來越多，小花學姊把我拉到走廊的角落，一張長椅上。

工學院的教室外面都設有幾張長椅，好讓學生在下課的時候可以坐在上面休息。

「這是我們的大四學長，他叫包子。」一名瘦瘦的男生坐在長椅的另一端，小花學姊在介紹的時候他抬起頭向我打了聲招呼。

「學、學長好，我叫盈盈。」

「學妹好。」他和藹的笑了笑。

「阿堯還沒有來嗎？」小花學姊問，包子學長搖搖頭，「我剛剛打了電話，他沒接，肚子應該還沒有好吧。」

「怎麼常常肚子疼啊？」小花學姊唸了一句，然後突然上前往旁邊的人一抓，「欸！秋易銘，有沒有看到阿堯?」

我看著那位被小花學姊抓來的學長，頓時一愣，這……這不就是我那位朝思暮想的學長嗎?

小花學姊剛剛叫他什麼?什麼銘?什麼銘的?啊啊，我怎麼沒有聽清楚啦!

「我剛剛要出門的時候他還在跑廁所，所以可能無法來了。」學長說，然後目光移到了我身上，和他對上眼的同時我突然一驚，下一秒心臟越跳越快。

我舉起手，向這位學長揮手笑著，但手卻僵硬到剛剛好像被雷給擊到，連臉上的笑容也笑得好難看。

「咦?妳……妳是那個……叫什麼……」看來學長還記得我。

「她叫盈盈，是我直屬學妹。」小花學姊說。

他眨眨眼睛，「盈盈?」哇!我終於從學長口中聽到了這聲盈盈啊!「我想起來了，妳是李佑盈學妹嘛!妳綽號叫盈盈啊?」他說。

「嗯，對啊!我叫盈盈。」所以，以後請叫我盈盈哦!

我其實說完這句話後很想對他眨眼睛拋媚眼，但又怕被誤認為我是花癡學妹，因此，我只是微笑。

對了，我一定要知道這位學長的名字，我一定要問到!

「學長，不知道怎麼稱呼你?」我微笑詢問。

「我叫秋易銘，秋天的秋，跟妳大三直屬學長是麻吉哦!只可惜他肚子還沒好。」

我依舊微笑，卻沒有仔細聽他接下來說的話，心中只是不斷默唸著他的名字。

秋易銘?人長得帥氣好看、聲音又好聽、名字又詩情畫意的，這種天菜級的學長，除了他，還會有誰呢?

學長，學妹我這生認定你了。

第二章　神祕的學長

一個星期後，學校舉辦了社團博覽會。

地點是在學校的操場上，熱鬧的聲音遠遠的就可以聽得到，有些人在入口處那賣命的發著傳單，有些人趁你茫然的時候就直接把你拉到他們社團的攤子，每個社團的學長姊使出渾身解數，為的就是要幫社團招募幾位新生進來。

「蔓婷，妳有想好要參加什麼社團嗎？」我拿著動漫社成員發的海綿寶寶氣球，目光看著蔓婷問。

「我……」蔓婷懊惱的苦著臉，「還沒有想好欸……」

我也是一樣還沒有想好，社團博覽會已經快逛完一半了，手上的傳單也越拿越多，就是沒有看到讓我感興趣的社團。

就在此時，我突然看到前方不遠處有三位穿著女僕裝的學姊，她們手上紛紛都拿著蛋糕，見到有人經過就上前遞上一塊蛋糕，我往她們身邊的社團攤位望過去，上面寫了三個大字：烹飪社。

心中那烏雲般的煩惱頓時飛散，陽光就這樣照落了下來。

沒錯，就是這個了！

「蔓婷蔓婷，我們去吃蛋糕好不好？」我拉拉蔓婷的手，要她跟著我去。

一到烹飪社那邊，更讓我覺得驚訝的是，易銘學長竟然也在那邊，他現在正被兩位女僕裝學姊包圍，硬是要他吃蛋糕。

「易銘學長，吃一口就好了嘛！」

「這是人家親手做的欸！捧場一下嘛！」

也不知道是因為天氣熱還是因為被女僕包圍的關係，易銘學長他那白嫩的臉上竟然有一些紅暈。

嘻嘻！學長臉紅的樣子好可愛哦！

在害羞之餘他也看到了我們，靦腆的對我們笑了笑，「嗨，學妹。」

「嗨，學長。」我開心的蹦跳過去，卻見易銘學長的目光停留在蔓婷身上。

「妳想好要加入什麼社了嗎？」他問。

蔓婷搖搖頭。

「妳呢？」他轉過頭來問我，當我正要回答的時候，旁邊一陣女聲：「盈盈！」

我聞聲看過去，赫然發現是我的直屬學姊小花，而且，她身上也穿著女僕裝。

超可愛的啦！小花學姊長相本來就可愛，現在又加上身上的女僕裝，簡直是大大的加分。

如果……如果是我穿上女僕裝呢？

粉紅色泡泡吹起，我穿著女僕裝端著蛋糕來到易銘學長身邊，「來，易銘學長，這是學妹為妳親手做的蛋糕，一定要吃完哦！」我對著他微笑。

易銘學長對我露出迷死人的笑容，「我要妳餵我吃……」

「學長，討厭啦……竟然要學妹餵你吃……」

臉紅害羞的我拔起了蛋糕上面的櫻桃，正要送上學長口中時，他別過頭閃躲，然後說：「我想要妳用嘴餵我吃。」

用嘴餵你吃？

那豈不是嘴對嘴嗎？哇嗚！我受不了了啦啊啊啊！

正當我害羞的將櫻桃放入嘴巴傾身向前的時候，我的思緒被打了斷，回過神來看見小花學姊拿著蛋糕走到我面前。

「來，這是我們烹飪社做的蛋糕，很好吃哦！」小花學姊拿起叉子，扠了一塊蛋糕送進我的嘴裡。

我咬了幾下，將咀嚼好的蛋糕吞下口，看著小花學姊臉上的期待，我比了個讚。

「好吃欸，學姊。」我說。

「好吃吧？盈盈妳會做蛋糕嗎？」

我搖搖頭，「不會欸。」

「那想不想學啊？」小花學姊邊說邊對我眨了一下眼睛，她湊近我，小聲的說：「可以送給喜歡的男生哦……」接著，鈴鐺般的笑聲。

哎呀！小花學姊竟然一眼就看穿我的意圖！

「好，我參加。」我學她小聲的說。

「那太好了！」接著她轉身回去拿了一張申請書，要我在上面填上資料。

當我填好交給她的時候，她突然說了一句：「可惜啊！如果妳早半小時來就好了。」

「啊？為什麼啊？」我疑惑。

「阿堯學長啊！半小時前他有稍微來一下。」她說：「你應該還沒看過他吧？我們的大三學長。」

我搖搖頭。

「阿堯……跟秋易銘一樣……」說到易銘學長的名字她還故意朝易銘學長的方向點了頭，「是我們系上大家公認的系草哦！」

我瞪大眼睛，不自覺的嚥了一口口水。

★

晚上十一點。

此刻的蔓婷正在洗澡，我彎身從書桌底下拿出我這位獵人的裝備——望遠鏡。

「嘿嘿，時間差不多了哦！」我晃晃手上的望遠鏡。

小珠和樺樺一個去鎖門，一個興奮的來到我身邊。

幾次觀察下來，我發現晚上十一點過後男生宿舍的寢室燈就開啟了，當然還是有些寢室的燈是暗著，但與女宿同樣是十一層樓加上每一層樓大約有十個寢室，一百一十間寢室這個數目也夠讓我們觀察了。

我發現，即使學校禁止抽菸，但還是有些男生會偷偷在陽台那抽菸，他們在陽台那除了抽菸外，就是晾衣服，幾乎每一寢都會把衣服和四角褲給晾在外面。

而我們女生洗好衣服後幾乎都晾在自己的寢室內，即使陽台空間真的很大，但因為有時候外面所晾的衣服會被大風給吹走，所以陽台對我們而言就只是個放垃圾還有放打掃用具的地方。

有的時候宿舍底下都會有幾件四角褲孤零零的躺在那邊沒有人敢去認領，打掃阿姨看到都會撿起放在失物招領處，但過一陣子沒有人前去領取就會被拿去當抹布，或是做成校狗的衣服。

我記得上次在校園中看到有一隻狗身上穿著真珠美人魚所做成的衣服，正在納悶哪個男生會穿真珠美人魚內褲的同時，就被一旁的蔓婷給叫走了。

那隻狗嗚嗚的悶叫，或許牠在抱怨自己身上的那件真珠美人魚。

★

我將鏡頭擦拭乾淨，然後掀起一角窗簾，開始我的觀察生態之旅。

記得第一次在寢室拿出這望遠鏡的時候，小珠跟樺樺直誇我好棒，說我怎麼會想到買望遠鏡來。

我笑了笑，說天機不可洩漏也。

蔓婷則吐槽了我一句：「不是說要拿望遠鏡來看星星的嗎？是有犬部的猩猩，還是天上的星星？」

「兩個星星都不是，我是在觀察生態，生物動態的簡稱。」當時我是這樣回應她的。

將對面的一百多個寢室快速掃過，我納悶：「奇怪，這個時間點怎麼都沒有人在陽台？」

「看完沒？換我、換我看了！」一旁的小珠催促著，我皺了一下眉頭，把望遠鏡交給她。

此時的蔓婷洗澡完走了出來，見我們三個偷窺般的行為也沒有任何表示，直接躺在床上慢條斯理的擦著乳液。

「我好像跟一群偷窺者當室友。」她笑笑的說。

「搞不好對面的男生也在偷窺我們女生呢……」我說。

「就算偷窺到了，你們也不會認識到啊！就只能遠遠的看著對方而已。」

「唉呦，就算看看也好啊！至少可以養養眼啊！」我這雙一點零的視力就是因為看帥哥而保持到現在的。

蔓婷無言了幾秒，然後笑了笑，「真是歪理欸。」

「呵呵呵……」我笑完沒幾秒，小珠和樺樺這兩位偷窺者突然興奮的叫了起來。

「哇，這個……這個身材也太好了吧？有腹肌欸！」

旁邊的樺樺搶去看，「真的，真的，天啊，我今天會不會長針眼啊？」

「欸欸，盈盈，妳快點來快點來看！」她們催促著。

有獵物了嗎？

我這獵人頭頭的直覺猜想這次一定是個大獵物，看小珠跟樺樺兩個人興奮的要命，邊拿望遠鏡看邊舔舌頭是怎樣啦？

「給我。」我一把拿走我的望遠鏡，然後把她們趕走。

「剛好在前面，正面對著我們的寢室。」她們說，還不忘尖叫個幾下。

我眨了眨眼睛，將望遠鏡拿正，直直的往男宿正對面的方向看過去。

一名男生正裸著上半身倚在陽台那，他的手撐著欄杆講著手機，宿舍陽台上的欄杆高度正巧在他的腰部那，讓我可以直接看清楚他的上半身。

有幾塊稍微突起的腹肌，再加上腰部兩側的人魚線……這……這會不會太過火了？

我不禁嚥了一口口水。

把他的身材瀏覽過完後，我把鏡頭轉向他的臉。

呃，是我的錯覺嗎？怎麼覺得他望著方向是我們寢室？

應該是我想太多了吧，我想。

小麥色的皮膚、染成紅褐色的頭髮、濃眉大眼，那五官輪廓實在——

我因為受不了而移開望遠鏡深呼吸了一下。

「怎麼樣？」小珠笑嘻嘻的對我說，還故意推了推我的肩膀。

「唉呦，我還沒看清楚啦！」我隨意胡扯，然後再度用望遠鏡觀望那位男生。

以我的目測，他的身高應該還蠻高挑的。

天啊，這位男生跟我的那位易銘學長的魅力不分秋色啊！

但是真的很奇怪欸！我怎麼老是覺得那個男生好像知道我們在偷窺他，目光從剛剛就一直往我們寢室看來？

是我的錯覺吧，我這樣告訴自己。

突然間，他轉身進去寢室，當我以為他再也不出來而正想尋找另外一位獵物的時候，他朝著我們的方向拿起了一張紙。

我調整望遠鏡的焦距，然後不禁大叫，身子還整個往後倒。

「怎麼了？」室友們上前關心著我，每個人都帶著疑惑的表情看著我。

我整個人驚魂未定，活像看到鬼一樣。

不、不對，這根本比鬼還要可怕！

因為剛剛那男生的白紙上，竟然寫著：『學妹，看夠了沒？』

啊啊，我心臟病要發作了啦！

我深呼吸，再度鼓起勇氣拿起望遠鏡。

那位男生，呃，不對，那位學長的紙又換了另外一張，上面寫著：『再看下去，就要收費囉！』

我又不禁往後倒，趕緊把那拉起一小角的窗簾給遮好，然後氣喘吁吁的靠著那落地窗。

「怎麼了啊？不看了嗎？」小珠問，我狂搖頭，一臉快要哭出來的樣子。

原來那位學長從頭到尾就知道我們寢室在偷看他，而且還知道我們很不要臉的去買了望遠鏡來！

「到底怎麼了？」樺樺問。

我重重吐了一口氣，這才回答：「那是一位學長。」

「妳怎麼知道他是學長啊？」

我一臉欲哭無淚的表情，「因為剛剛那學長在陽台上貼了一張紙，我用望遠鏡去看，上面用簽字筆寫著：『學妹，看夠了沒？』，天啊！我活到現在第一次覺得好可怕啊！」

心臟整個像是被人給捏住一樣，那一寢室是不是根本就是個鬼屋啊！

我話說完，小珠和樺樺兩個人傻了，在床上抬著腿的蔓婷則說：「妳們做這種事，本來就要有遲早會被發現的心理準備。」

「唉，別給我落井下石了，怎麼辦啊？」

「對方又不知道妳是誰，應該還好吧，會知道妳是學妹是因為女生新生都住宿舍的上半樓，男宿的話好像就跟我們相反。」她說：「男宿的上半樓都是住學長。」

「妳怎麼會知道？」

「因為……」她嘆了口氣，「我搬宿那天太早來了，我爸糊塗的把我帶去男生宿舍那邊，他們男宿門口那貼了一張新生住的樓層，所以我才會知道這件事。」

我恍神的點了點頭，然後緊張的咬起下唇，「那怎麼辦啊？對方會不會知道我是誰？如果那學長向舍監投訴怎麼辦？我會不會被記點啊？還是狠一點的，會被退宿啊？」

嗚嗚，記點事小，退宿事大，如果真的退宿的話我可要流落街頭了。

我可不要蓋著報紙睡在校園裡面啊啊！

「沒這麼嚴重吧？我倒是覺得是那學長想要鬧妳而已。」

聽到這，我不禁鬆了口氣。

「如果真的有心想要打聽妳，他頂多也只能知道妳是哪一系的新生而已，我們系上女生起碼有三十位左右，他怎麼會知道偷窺他的學妹是哪位啊？」

「希望真的如妳所說的。」即使如此，我還是有點忐忑不安。

這真的太可怕了！

不過哪有獵物反咬獵人一口的道理啊？

我是不是也該拿個紙條上面寫著：『你有身材嗎？我好像看到一隻豬。』然後學那位學長貼在陽台上給他看啊？

呃……算了，我覺得我還是不要再惹事好了，免得越來越遭。

雖然，那位學長的身材真的是……挺……嗯哼……挺好的。

從開學到現在望遠鏡也只拿出來用三次而已，怎麼第三次用的時候就會被發現啊？

唉……

於是，我把這件事情跟住在我正下方的曉彤說了，她聽到時哈哈大笑，甚至還說她也要拿望遠鏡來觀望一下那位學長的廬山真面目。

我聽著寢電另一頭的聲音砰砰作響，過一會兒她說那位學長早就已經不在陽台那邊了。

我偷偷的掀開窗簾的角，正對面寢的寢室窗簾早已拉上。

雖然目前事情應該是沒事了，但我還是會有不安的感覺。

開學一個多月了，到現在我還是沒有見到我那位大三學長的廬山真面目。

曾經聽小花學姊說過他跟易銘學長是我們系上的兩大系草，不管走到哪裡都會有女生注視著他們，嚴重一點的話就會像演唱會那樣一直對著他們狂尖叫。

「但，我覺得他的長相有點風流。」之前在烹飪教室的時候，不知道什麼原因突然聊到這位神祕的大三學長，小花學姊曾經這樣對我說過。

「偷偷告訴妳，我以前曾經差點倒追過他。」在講完大三學長長得很風流後，小花學姊又爆自己的料，而且講這句話的時候臉不紅氣不喘的，好像在講一件別人的事情。

那時候我聽到有點驚訝，而且……也有點好奇。

「然後呢？」我問。

「結果阿堯他直接罵我神經病，那時候我原本在倒追我現在這位男朋友，但怎麼追他就是不理人，因為他對我的冷淡，我一氣之下，決定不理他了，打算去追別的男生來氣氣他，結果卻被阿堯罵神經病！」

我無言了幾秒。

「盈盈，妳要小心哦！」她突然對我提出警告。

「啊？我要小心？小心什麼啊？」我納悶。

「小心不要被他電到啊！他的眼睛是桃花眼，會放電呢！常常有意無意的就對女生放電。」

我呵呵笑，心裡想著：我都已經有易銘學長了，我怎麼還會被別的學長給電到？不過聽小花學姊這麼說，我更好奇我們這位神祕的大三學長了。

來無影去無蹤，即使經常在工學院上課的我好像也不曾遇到他，系學會的工作有這麼忙嗎？

「想看一下他長怎樣嗎？我連臉書給妳看。」小花學姊呵呵笑，脫掉手套後從口袋裡拿出手機來。

我邊攪拌著麵粉，頭邊湊過去看。

只見小花學姊滑了幾下手機，然後搖了搖手機，苦著臉說：「唉，這邊的收訊太爛，連不到網路……」

試了幾次，她默默的將手機放回口袋，然後戴回手套，繼續剛剛停下來的工作。

「反正，遲早都會見到面的，沒差啦！」我笑了笑。

因為我到現在都沒有見過大三學長，所以小花學姊一直想補辦個直屬聚，只是因為大三、大四學長的繁忙，所以直屬聚遲遲都沒有定案。

說到這，我在前一個禮拜才得知蔓婷的大三學長竟然是易銘學長！天啊！這簡直是要羨慕死我和其他兩位室友，不對，羨慕死我們這些大一的女生了啦！

也難怪社團博覽會那天他要先關心起蔓婷再關心我。

我聽小花學姊說易銘學長經常受到很多學姊學妹的告白，只是都沒有結果。

更重要的一點是：他現在是單身、他現在是單身、他現在是單身啊啊！因為很重要所以說三次。

也不知道易銘學長喜歡什麼樣的女生，我好想知道哦……

雖然很想從蔓婷口中得知，不過我猜想她應該也不知道，看來，只能從我那尚未見過面的大三學長身上探點口風了。

只是，我到現在依舊沒見過我的大三學長，就算可能真的有擦肩而過好了，我也不會知道的。

因為我的目光一直追尋著易銘學長。

只要一到工學院上課，我就會四處的找尋著他那高挑的身影，期許我跟他的眼神可以在空中交會，更好的是，可以跟他說上幾句話。

即使只是簡單的「嗨！」一聲，也可以讓我興奮上一個多小時。

我將電腦打開，登入臉書後尋找著易銘學長的臉書，其實我老早就找過他的臉書了，只是一直不敢遞送出交友邀請。

明明只是一個按鍵的動作，卻讓我遲疑好多個日子。

因為我好怕他會拒絕我的交友邀請……

如果我遞送了邀請，他都不回覆我怎麼辦？我一定會很難過很難過的，唉呦……

這次正當我將螢幕停留在易銘學長的臉書上時，蔓婷剛好從我身邊走過，我螢幕上的畫面也被她無意間看到。

「妳在看我學長哦？」她淡淡的說，卻讓我心一驚。

蔓婷她並不知道我喜歡易銘學長，我指的是打從心底真正的喜歡。

我喜歡易銘學長，不知道從什麼時候開始。

喜歡他的熱心、他的溫柔、他的聲音，喜歡他的每一張表情。

看著我與易銘學長間的共同好友越來越多的時候，我真的覺得好難受，難道……學長他都不會自己來加我好友的嗎？

「我……因為小花學姊對他的動態點了讚，我好奇是誰發的所以才點進去看。」我胡扯。

她不知道的事情是我把易銘學長從開學到現在發佈的每一則動態都看完了，也把他的每一張大頭貼都看完了。

「妳沒加他好友嗎？」蔓婷看著那個綠色小框框說，「我以為妳會加呢！」

「呃……」我不自在的搔了搔頭，老實對她說：「我怕加了他會拒絕啊……」

「他不是認識妳嗎？怎麼會拒絕？」接著，她走回她的書桌前坐好，「妳會不會想太多了？」

她講的是沒錯啦……但我就是有點怕怕的……

看著螢幕上那個綠色小框框，我將滑鼠游標移到上面，手指想點下去的那一瞬間卻開始不由自主的顫抖著，突然覺得自己呼吸到的空氣好稀薄，我用力閉上眼睛，一閉上眼卻覺得天搖地動，好像來了一場大地震。

「盈盈。」蔓婷的聲音將我拉回現實，我睜眼一看，啊咧！螢幕上顯示了交友邀請已送出。

「啊？」我微喘著氣，沒有想到單單只是一個按鍵的動作卻好像要了我半條命。

「妳物理作業寫好了嗎？最後一題可不可以借我抄啊？」

「喔喔……喔，可、可以啊！」我翻找著旁邊疊成一疊的作業，然後交給她。

她卻異樣的看著我，「妳講話幹麼突然結巴啊？」

「有、有嗎？」我打死也不承認。

「有啊！」

算了，不理她。

我走回自己的書桌坐好，看著那上面寫著交友邀請已送出的小框框，開始發愣著。

下午上完課又看了一次臉書，易銘學長仍是沒回覆我。

接下來的時間，我幾乎每十分鐘就看一次，每十分鐘就失落一次，到了晚上十一點，他才回覆我。

看到易銘學長個人頁上顯示為『朋友』的時候，我不禁想要大聲尖叫買拉炮回來慶祝一番。

喜歡一個人就是這麼一回事吧？

★

自從臉書加了易銘學長為好友後，我只要一回寢室就會開啟電腦，然後就會開啟臉書，有時候只是掛在上頭，有時候則會看看動態頁面上的消息，或是玩玩上面的小遊戲。

隔幾日的晚上，我如往常一樣開啟電腦來打發時間，在登入臉書的時候，發現有個人寄送了交友邀請給我。

系上的人都會隨意互加好友的，只要看到共同好友有自己的同學，以及是念同一系所的就會寄送邀請，也因此臉書上的朋友雖然多，但有些都是自己不認識的。

我看了共同好友只有易銘學長、小花學姊跟其他大二、大三的學長姊，就是沒看到任何一位班上同學。

看了對方的大頭照，是一大片的楓林，而且拍攝地點是學校著名的美景——楓林大道。

應該是一位不認識的學長吧，我心想。

按了接受邀請鍵後，我隱藏視窗，然後拿起衣物準備去洗澡。

在經過小珠身邊的時候，她突然表情彆扭的說：「盈盈，今天有要當『獵人』嗎？」

「呃……」我有點猶豫。

自從上次被獵物將一軍之後，那個望遠鏡就一直被我藏在書桌底下長達三個星期之久。

「我們很久沒看了欸！到現在還是不知道易銘學長住在哪一間寢室。」

沒錯，她點到了我心中的重點，但是……

但是我只要一想到那位住在正對面寢的學長，就覺得頭皮發麻啊！

即使事情已經過了三星期了，但一想到還是覺得有點怕怕的。

「妳……自己玩好不好？我望遠鏡可以借妳。」好吧，我是個膽小鬼。

「這樣就不好玩了……一起看比較好玩嘛……」

蔓婷卻插進來一句話，「妳們想知道我學長住哪間寢室？要不要我直接打電話幫妳們問問？」

我驚訝，目瞪口呆的看著她。

「不好吧？如果他問妳為什麼妳要怎麼說？」我說。

蔓婷歪著頭，一臉不解，「就……老實說啊！」

我聽完差點崩潰，小珠和樺樺也傻眼，「妳想要讓他知道我們想要偷窺他啊？」

「哈哈哈哈……看妳們慌成這樣子，我嚇妳們的啦！」蔓婷向我們吐了舌頭。

「妳無聊欸！」我送她一記白眼，接著抱起衣物準備洗澡去。

洗完澡出來後，樺樺說：「欸，我們怎麼沒有想過要問班上男生啊？班上男生應該會知道吧，就算不知道的話查也查得到。」

沒有想到她們的話題還停留在易銘學長住哪間寢室。

我舉起拇指左右晃動，「不可以，這樣班上男生一定會覺得我們女生怪怪的。」

她們三個人六隻眼睛看著我，我接下去說：「跟妳們說，這種事情就是要自己找出來才會比較有成就感，懂嗎？就像獵人一樣，哪有獵人會叫別人幫忙找獵物啊？」

★

我回自己的書桌前面坐好，發現臉書有人私訊我，我看了一下，是剛剛加我好友的那個學長，他的名稱是用英文拼音，我自己拼了一下，竟然發現這學長是我那位神祕的大三學長——許翊堯！

打開聊天室，他在三十分鐘前傳來一個訊息。

Yi Yau Shiu：小學妹。

在看看旁邊聊天室的顏色，它顯示的是綠色，代表他現在仍然是上線狀態。

我：學長好！

Yi Yau Shiu：妳知道我是誰嗎？

我：知道，是學長。

Yi Yau Shiu：那妳知道我是哪位學長嗎？

我：知道，是我的大三學長！

Yi Yau Shiu：嗯。

嗯？然後？

接著，我等了一分鐘後對方卻已讀不回。

於是我拿著吹風機開始吹頭髮，約莫十五分鐘後，我看著電腦螢幕，見到對方丟了一個訊息，但上面的顏色顯示他已經下線。

Yi Yau Shiu：抱歉晚回，妳們大一明天下午是不是有課在工學？明天下午我都會在系辦隔壁的那間系學會辦公室，妳有空的話可以來找我，學長請妳喝咖啡。

當我看到這則訊息的時候，我恍神了一下。

是……單獨跟學長喝咖啡的意思嗎？這……『單獨』欸！

我……我是不是要小心一點啊？

但是，我沒看過他欸……根本不知道他長怎樣，我怎麼知道哪位學長是許翊堯啊？到時會不會認錯人？

一堆問號冒出來，我甩了甩頭，看到小花學姊的顏色還是綠色的，我直接密小花學姊。

我：學姊。

花花：嘿，怎樣？

我：翊堯學長剛剛密了我……

花花：很好啊！這個來無影去無蹤的學長總算知道該找學妹了。

我：他叫我明天去跟他喝咖啡。

花花：哈哈哈哈，我幫妳揍他，竟然只請學妹喝咖啡，神隱這麼久應該請學妹吃好料才對。

我：呃，學姊，現在重點是我不知道學長的長相，怕明天會認錯人。

花花：哈哈哈哈，別擔心啦！妳只要看到有一位頭髮染成紅褐色的，又高又帥的那位就是許翊堯啦！整個系上也只有他才會染那種顏色，很好認的，妳放心吧！

花花：妳明天幾點會去找他？我跟妳一起去鬧鬧他。

一看到學姊說要跟我一起去，我頓時間鬆了一口氣，起碼有認識的人比較不會尷尬。

我：我明天課上到三點。

花花：ＯＫ，到時見！

結束對話後，我想了想，是不是該送學長一份見面禮啊？之前認直屬的時候雖然沒有準備禮物，但我之後也送了小花學姊一本書，送包子學長一本筆記本，而他們也各自送了我一隻娃娃跟一盒糖果。

那……翊堯學長呢？我要送他什麼啊？

我點了點翊堯學長的臉書，發現他都不放他自己的照片，相簿裡面全部都是風景照，而且，其中佔比較多數的是楓林照。

感覺翊堯學長是不是很喜歡楓葉啊？相簿裡面好多張在楓林大道那邊拍攝的照片哦！

我想了想，最後決定明天中午的時候跑書局一趟，去買一張有楓葉的書籤。

★

在入學以前，學校都會寄一些資料到家裡來。

學校著名的美景是一條非常漂亮又美麗的楓林大道，每當秋天來臨的時候，兩排的火紅楓樹長滿掉落，地上一整排都是由楓葉所鋪成的地毯，紅的、橘的、褐的，非常壯觀又美麗，聽說好像常常有偶像劇會來我們學校拍攝取景呢。

資料封面上是學長姊抱著原文書漫步在楓林大道上，徐徐的風將他們的幾縷髮絲勾起，每個人臉上笑得非常燦爛，有著一大片火紅的楓樹當作背影，那畫面是何等的美好。

當我看到這圖片時，自己也不禁開始幻想著自己抱著原文書悠閒的走在楓林大道上，更希望自己可以在楓林大道上邂逅未來的另一半，可能在走路的時候不小心和迎面而來的人撞在一起，當手上拿的東西因為撞擊而掉在地上時，慌張的蹲下身子開始撿起，鉛筆、原字筆、橡皮擦、立可白等文具一一的撿起，當要撿起筆記本的同時，對方的手也正巧和自己碰在一塊兒。

手疊手，一陣觸電般的感應，麻麻的。

我慌張的收回手，臉上一陣嬌羞。

「抱歉。」對方和我道著歉，我搖著頭表示沒關係。

「為了表示我的歉意，我請妳喝杯飲料吧。」他將筆記本遞到我面前。

我手不自覺的遮在嘴巴前，驚訝道：「不用啦！我自己也沒仔細看路，才會不小心撞到你的……」

「沒關係，我……我自己也想請妳。」對方笑得很靦腆，他也覺得有點害羞。

然後……

然後？

唉，我告訴你們，幻想總是美好的，現實總是殘酷的。

實際上……

人，抱著原文書走路絕對不可能『悠閒』的走！更別說是邊走邊欣賞旁邊的美景了。

因為一本將近千元的原文書，內容高達七八百頁，重量少說也有一公斤，很重、很重、非常重啊！

在走路的時候根本就沒有心想要看看旁邊的小花小草大樹大木，心裡只想著要趕快回宿舍休息或是去教室坐著好趕快放下手上這本累贅！

鉛筆、原字筆、橡皮擦、立可白等文具一一的撿起？

又不是窮到沒錢買筆袋啊！

嗚嗚……現在的我因為剛剛去了一趟書局，正抱著原文書在楓林大道上快走著，眼看就快要到上課時間了，我真的是用盡了全身的力氣在奔波著。

什麼鬼邂逅？那些就免了吧！

到達工學院後，正巧旁邊的電梯緩緩闔上，我見狀趕緊衝過去，「等等、等等——」

安全上壘。

我在電梯裡面微喘著氣，鼓起腮幫子擦著額頭上的汗水，該死的這原文書怎麼這麼重啊？

「嗨，盈盈。」一個聲音在我上方響起，我抬起頭來赫然發現是易銘學長！

「學學學、學長！」慘了，我剛剛跑完將近兩百公尺的路程，現在會不會很狼狽很邋遢啊？這麼狼狽又邋遢的樣子怎麼可以讓易銘學長看到呢？

於是我轉過身，面向電梯門，手背用力的抹去臉上的汗水，然後稍微把凌亂的瀏海給撫平。

「來上什麼課啊？」易銘學長開口問。

「普、普通物理……」講話若背對著人是一件很沒有禮貌的事情，於是我微微側身回答著，眼睛卻瞄到除了我和易銘學長外，電梯裡面還有另外一位學長。

那位學長五官輪廓深邃，尤其是那雙眼睛，真的隨便看都覺得好像在放電一樣，此時那位學長正微微蹙著眉頭看著我，當我看到他那紅褐色的髮色時不禁倒抽口氣，同時也睜大眼睛看著他。

媽呀！真的……見鬼了我。

我僵著臉色，怯怯的開口：「學、學長好。」

「啊？」那位學長帶著疑惑的表情看著我，「呃，妳好。」

「學長是……許翊堯學長嗎？」我問，即使已經猜到了，問出口的同時我的心跳越來越大聲。

他點了頭，「嗯。」但表情依舊納悶。

「我是你大一學妹，我叫李佑盈。」乖乖的我做了自我介紹，心中卻直想大聲尖叫。

「啊對，你們是直屬嘛！」在旁的易銘學長說了這句話。

翊堯學長一臉大悟，原本倚在電梯牆的身子站了直，微微彎腰看著我，對我笑了笑，「原來是妳啊，小學妹。」

這笑容中，隱隱約約有著一股說不出的邪氣。

第三章　小學妹

電梯抵達，叮的一聲，而後電梯門開啟。

「小學妹，等等上完課記得來找我。」翊堯學長丟下句話，然後兩位學長分別從我的左右側走出了電梯門。

我留在電梯內看著前面那兩位學長的背影，失神了一會兒，當電梯門要闔上的時候才趕緊踏出電梯，然後連滾帶跑的往教室奔去。

嗚嗚……怎麼會這樣子……？

喘著氣，我坐在蔓婷幫我佔的位置那，整個心七上八下的胡亂跳著。

我看著蔓婷，哭喪著臉，「蔓婷……」

「妳……妳怎麼了啊？」

「我發現一件可怕的事實……」我欲哭無淚。

「什麼啊？」蔓婷一臉莫名其妙的表情看著我。

我不得不接受這個殘酷的真相，慌張到我全身都僵硬麻木了，手上的汗毛全都豎了起來。

完全沒有想到翊堯學長——

竟然就是我之前偷窺到的那個學長啊啊啊啊！

就是住在男宿那間與我們寢室正面對面的寢室、那個在陽台貼著『學妹，看夠了沒？』的那位學長啊啊啊啊！

啊咧！直接殺了我吧！

我將這可怕的真相告訴蔓婷，並請她不要告訴其他人，包括小珠跟樺樺。

蔓婷聽完，眨了眨眼睛，「妳……妳確定嗎？」

我無力的點了點頭，甚至想直接一頭撞上桌子。

「但是……整間學校這麼多男生，又不只妳學長染紅褐色，搞不好是別人啊！」

「是他……」他的那眼神，我絕對不會認錯的，「我很確定就是他……」

自從剛剛在第一眼就認出後，翊堯學長口中那聲『小學妹』聽起來格外的陰森可怕。

這個祕密我絕對絕對不能讓他發現，如果被發現我就真的無語問蒼天、有愧於父母了我。

「我覺得妳不用太擔心啦！人很容易忘記一些小事情的，妳偷窺他是三個星期以前的事，搞不好人家早就忘了。」我想蔓婷她應該是在安慰我。

我深呼吸，然後沉重的嘆了口氣，「……希望如此了。」

那塵封的望遠鏡，我真的沒有勇氣再度拿出來玩了，那拉上的窗簾，我也沒有勇氣再度拉開了……

雖然到現在還是不知道易銘學長住在哪間寢室……

等……等等！

小花學姊說秋易銘跟許翊堯這兩位學長的感情很好，那他們……會不會根本就住在同一間寢室啊？

腦中冒出這想法的同時我眼睛頓時睜大。

如果真是這樣的話，搞了這麼久，其實易銘學長根本就住在我們正對面嘛！

如果真是這樣的話，那我好想要看易銘學長光著上半身走到陽台哦……

啊啊啊！為什麼那天走出寢室的不是易銘學長？

不對！

不行！我不能再想下去了我，為了不讓翊堯學長知道我是女宿對面寢室那個拿望遠鏡瞄他身材的那位學妹，望遠鏡不、能、再、拿、出、來、啦！

從現在開始裝死，一切安分守己開始當乖寶寶，別再當獵人了。

★

兩個小時之後，鐘聲響起，三點了。

而我的心情早就慌亂到不行了。

手機響了一聲，我低頭看，小花學姊說她會晚二十分鐘左右才到，叫我先去找學長。

於是我深呼吸，看著桌上剛剛去書局幫學長買的禮物。

「盈盈，妳不是要找妳學長嗎？」蔓婷說。

「嗯，對啊……」

「那我就先回寢室了哦！」

「嗯，掰掰。」

揮了揮手，我一個人坐在位置上發呆，看著班上同學們一一離開教室。

「李佑盈，幹麼不走啊？」身為班代的李逸光關了電扇和燈，教室頓時暗了下來，將電源關好後他往我這走了過來。

「我……我等一下要去找學長。」我說。

「妳學長？」他皺眉，「我記得妳直屬不是抽到學姊嗎？」

「大三的直屬學長。」

「妳大三的直屬學長？是誰啊？」

「許翊堯。」我輕描淡寫的說，他卻在瞬間睜大了眼睛。

「妳剛剛說……是誰？」

「許……許翊堯啊。」我又說了一次，他的反應怎麼這麼奇怪？

我納悶的望著他，他往我這靠了過來，表情突然變得興奮，眼睛睜得很大，甚至還閃閃發光，

「我可不可以拜託妳一件事？」

不是我在說，他現在真的有點像哈巴狗，若他有尾巴的話現在肯定搖個不停。

「啊？」我皺眉，「什麼事？」

「可不可以幫我跟妳學長要簽名照？」

我愣住，確定自己沒有聽錯，驚訝道：「你要他的簽名照幹麼？」

「我超崇拜他的啦！」他兩手抓著我的手，開始搖晃著我，「妳都不知道他籃球真的打得超好的，連我這男生看到都覺得他好強好厲害哦！」

「籃……籃球？」我掙脫開他的手，再搖下去我都開始眼冒金星，頭都暈了！

「他籃球打得很好啊！妳都不知道嗎？」

「我……」我搖搖頭。

見我這反應，李逸光皺眉，「妳，真的是他直屬嗎？」他一臉不相信。

「我是啊！」

「他是妳學長欸，妳怎麼什麼都不知道？」他說：「吼！他臉書都不加我好友！說什麼很少用，邀請寄出去一直被打槍。」

我無言以對。

因為我一直在追著有關易銘學長的消息，所以根本就沒有注意到系上其他人的消息，再加上我很少參加系上活動，根本就不知道翊堯學長在系上這麼的有名氣，我會知道的那些都是由小花學姊那聽來的。

「欸，為什麼他同意妳為好友啊？」李逸光正對著手機咆哮。

「他加我啊。」

「他為什麼加妳？」

「因為我是他直屬啊！」這小子瘋了是不是？

他抿著嘴，帶點恨意的眼神看著我，「說好囉？幫我要簽名照。」

「我才不要，你想要的話自己去要。」我直接拒絕。

「我這男生去要很丟臉欸！妳就幫我這個忙嘛！好歹我們國小同班過。」

「少拿國小來說嘴了，自己去要啦！而且我跟學長又不熟，根本講不到三句話，怎麼好意思去要。」

「好，那等妳跟他熟了，妳就幫我跟他要，說好囉？」

我瞠眼，「誰跟你說好啦？」

「妳跟我說好啦——」然後他快閃離去，留我一個人在教室內，無言的看著他奔波而走的背影。

我搗著頭輕嘆了一口氣，接著抱著原文書往系學會辦公室那走去。

★

在接近系學會辦公室的時候，我看到有幾個人從裡面走出來，而且手上還拿著一包看似血袋的東西。

我走到辦公室門口，遲疑了幾秒，最後舉起手敲了門，裡頭隱約有個聲音傳來，但我沒聽清楚，因此我再度敲了門。

門被開啟，我看到翊堯學長頭低低的探了出來，正當我要開口和翊堯學長打聲招呼的時候，他突然整個人往我這裡靠了過來！

我瞠大眼睛嚇了一跳，下意識的想要推開他，但在下一個瞬間他卻整個身子往我這倒了過來，一個大男生的重量，我就這樣整個人被他壓在了下面。

我瞬間傻住。

啊啊啊啊啊啊啊啊啊啊啊！這、這什麼啦——!?

冰冷的走廊地板直貼在我後背，我整個人被壓在學長的身子下，頭正巧位在他的頸窩處，我稍微側著頭往他看了過去，一叢的紅褐髮無法看到他的五官，他的氣息直撲我的鼻腔，淡淡香香的，屬於洗髮乳的味道讓我失神了幾秒。

「學……學長……」我用可以活動的雙手試著要將他給推開，卻推不了。

他是在跟我開玩笑嗎？

「學長……你可以起來嗎？」我又叫了幾聲，他卻沒有回應。

再度推了幾下都沒反應，我直接捶打他，但他依舊沒有動作，像個死人樣的躺在我身上。

啊咧，他是死了是不是？

不對啊！剛剛他不是上前來幫我開門嗎？

現在為上課時間，走廊上空蕩蕩的，我這位少女正被一位才剛認識不久的學長給撲倒在走廊上。

人家少女漫畫都是浪漫的壁咚，男生將女生壁咚在牆上，而我卻……整個人被學長撲倒在走廊上……

但我現在也沒時間胡思亂想了，我用盡了所有的力氣想把翊堯學長從我身上挪開，但嘗試了幾次就是移不開。

我就像被一顆大石頭給壓住一樣，整個人除了雙手以外其他都無法動彈。

「哇啊！」突然間，有個驚嚇的聲音。

我聞聲望過去。

「你們……你們在走廊上做什麼啊？」眼前那雙腳的主人是小花學姊，她現在正一臉驚訝的看著我們，手上還拿著手機，「這種事情在學校走廊上做……不、不對啊！許翊堯你在幹什麼啦？」

她上前來巴了學長的頭，但翊堯學長動也不動。

「靠，他死了哦？」小花學姊爆粗話。

我一臉委屈的樣子，「我不知道啊……我剛剛只不過敲門他就往我身上撲過來……」

「許翊堯你是色慾薰心是不是？竟然想沾染學妹？」小花學姊又巴了翊堯學長幾下。

「學姊，妳可不可以把他拉開啊？」我現在想喘氣都無法好好喘氣，「我覺得我快被他壓死了……」

「喔好，妳等我一下。」接著，她拉起翊堯學長的其中一隻手，正要使力拉的時候，翊堯學長突然悶哼了一聲。

「好痛……」低沉的聲音突然在這麼近距離的地方響起，我身子瞬間僵硬住。

同時，也感受到身上的翊堯學長動了起來。

「我怎麼會趴在走廊？」他問，同時抽回被小花學姊拉住的手。

然後，他準備起身。

右手撐起地板起身，左手則在無意識下……

「啊——」我頓時尖叫，他愣愣的看我，然後瞬間整個人往後彈了開來。

我紅著臉，縮著身子，一臉不敢置信的瞪著他，旁邊的小花學姊也傻了眼。

因為就在剛剛翊堯學長撐起地的時候，他的左手就那樣無意識的放在我的胸部上。

啊啊啊啊啊啊啊啊啊啊啊——！

媽，女兒的貞節不見了，怎麼辦？

★

大約經過了三十秒左右，小花學姊先回過神，將我從地上拉起身，而我即便起了身，雙手卻還是不安的環抱著身子，依稀還可以感覺到胸部被別人摸著的錯覺，整個人超級不自在。

「那個……對不起，我、我不是故意的。」翊堯學長往我這走了一步，我卻無意識的倒退一步。

紅著臉的我目光一直注視著地上，上齒一直緊咬著下唇。

長這麼大，第一次被人摸了身子，雖然他確實不是故意的，但我就是覺得害臊，甚至想挖洞躲起來。

「我們要不要先進去再說啊？」小花學姊提議，然後她將我帶進了系學會辦公室裡。

辦公室裡有著沙發，吹著舒適的冷氣，我坐在沙發的最旁邊，雙手依舊環抱著身子，臉依舊覺得紅通通，而目光依舊瞪著地上看。

「小學妹，對不起，我真的不是故意的。」翊堯學長又向我道了歉。

「嗯……」我低著頭，悶哼了一聲，不敢抬頭看他，我現在真的超想哭的！

小花學姊坐在我身邊摸摸我的頭，然後問翊堯學長：「你剛剛怎麼會昏倒啊？」

翊堯學長嘆了口氣，無奈的捲起袖子，露出裡面用膠布貼著棉花的地方，「剛剛研究所的學姊來抽血，說要做實驗，一下子就抽走我體內六百毫升左右的血，導致我剛剛頭有點暈……」

我看著翊堯學長，比起上課前在電梯遇到的他，他的臉現在顯得比較沒有血色，嘴唇也有點偏白。

「所以，小學妹。」他眼睛看向我，在眼神即將交會的前一秒，我迴避掉他的眼神，「我真的真的不是故意的。」他說。

我咬著下唇，依舊悶哼了一聲。

現在的我只覺得丟臉，很想趕快離開這個鬼地方，什麼原不原諒的話就別說了，我知道他不是故意的，但我就是不知道怎麼說出口。

「妳們要喝什麼？」翊堯學長問。

我緊咬著嘴唇，小花學姊問了聲：「盈盈，妳喝奶茶嗎？」

我點點頭。
接著她起身，往翊堯學長那走去，「茶給我泡，你這貧血的傢伙給我去跟學妹賠罪。」說完把翊堯學長從裡頭抓了出來。
翊堯學長走到我面前，我又不自覺的縮緊了身子。
「小學妹，妳原諒學長好不好？我再次鄭重的跟妳道歉。」他說完還朝我微微的彎下腰。
我看著他，正要開口說點什麼的時候，小花學姊端著兩杯奶茶來到我們身邊。
「我剛剛想到了一個辦法。」她邊說邊把其中一杯奶茶拿到我面前，然後將另外一杯拿給翊堯學長。
「什麼？」翊堯學長開口問，我也納悶的看著小花學姊。
小花學姊再度轉身去拿另外一杯奶茶，她走到我們面前，笑了笑，開口說：「你不小心摸了學妹，那就讓學妹摸回去啊。」
「啊？」翊堯學長瞠眼，我也傻住了。
「以眼還眼，以牙還牙啊！嘿嘿……」小花學姊笑著，一臉在看好戲的樣子。
「嘿嘿？嘿妳個頭！盡是想些奇怪的方——」翊堯學長蹙眉道，但卻又突然停頓，雙眸看著我，爾後緩緩道：「……這方法聽起來好像可行……」
「哈哈哈哈，我開玩笑的你真的要啊？」小花學姊驚呼，然後看向我，壞笑了一下，「盈盈，我們的翊堯學長經常跑健身房，身材好的不得了，多少學姊和學妹想要摸一把，如果妳今天真的摸了，那可真是賺到了……」
我愣住，腦中想起了之前拿望遠鏡所看到的畫面，那裸著上半身的線條與那分明清楚的腹肌，我不自覺嚥了嚥口水，卻也覺得更加的悲慘，現在只乞求翊堯學長千萬千萬別發現我就是那位偷窺他的學妹。

翊堯學長看著我，「小學妹，妳怎麼想呢？」說完這句話他勾起他的嘴角，也順道勾出了一些邪氣。

我瞪大著眼睛，紅著臉，「我……我才不要……」

要摸也是先摸易銘學長再摸你……啊咧，什麼東西啦？我在胡思亂想什麼啦？

我輕吐一口氣，從包包裡拿出要給翊堯學長的禮物，打算就此結束這個話題。

「學長，這個是我送你的見面禮。」我用雙手將禮物交給他，他看了一眼，從沙發起身伸出一隻手往我這方向靠過來。

「謝謝，不過因為太忙，我還沒準備妳的禮物，下次再補給妳。」他看著那小小的禮物，「我可以現在拆開嗎？」

「嗯。」我點點頭。

小花學姊也好奇的湊了過去，過幾秒後翊堯學長就將書籤給夾在手指上，他凝視著書籤上的楓葉。

我解釋著：「因為學長的臉書上幾乎都是楓葉的照片，所以我猜想學長是不是對楓葉情有獨鍾呢？」

翊堯學長不吭聲，走到一旁的書櫃那，抽起一本書後將書籤給夾進去。

「謝謝。」他低聲又道了一次謝。

接著他走回沙發上坐好，我看著他，讀不懂他此刻的表情，正當我懷疑自己是不是送錯禮物的同時，小花學姊開口說話了。

「所以……」她說：「盈盈妳到底要不要摸回去？」

「啊？」我愣住。

人家好不容易轉移了這話題，為什麼又要扯回來啊啊啊？

學姊妳是故意的吧？

我看著小花學姊的笑容，心中百分之百認定她就是故意的。

「黎櫻花，妳腦袋到底都裝些什麼啊？」翊堯學長送她一記白眼，拿起馬克杯喝了口奶茶。

「今天是學妹受委屈欸！平白無故被學長撲倒又被摸身子，管你到底是有意還是無意的，要是我早就送上好幾個巴掌了，才不會忍氣吞聲呢。」

翊堯學長挑了眉，沒有說話。

而我，根本就不敢說話。

雖然很高興學姊站在我這邊，但她說的話只會讓我陷入尷尬的漩渦中，逃離不了。

啊啊啊，學姊，妳放過我吧，我不想再尷尬下去了……

「妳夠了哦，黎櫻花。」翊堯學長說，臉上無奈，「妳只會讓小學妹越來越尷尬，好嗎？」

我安靜的在旁邊，看著小花學姊與翊堯學長你一言我一語的互相鬥著，不禁開始恍神。

是不是再過個幾個月，我也能像他們一樣？

直屬學長學姊就像是家人一樣，可以當作是自己的哥哥或姊姊，相對的，他們也會把妳當成妹妹來照顧，在認直屬後的隔三天，小花學姊就送我一堆筆記跟考古題。

「如果妳功課有問題的話，是可以問我啦！但我可沒有妳大三學長這麼厲害，男生對數學還有工程的公式通常都比女生還要了解，改天介紹翊堯學長給妳認識的時候，記得多多狗腿他，他一定會非常的照顧妳。」說到這，她小聲的補充：「多虧了他，我的物理才沒有被當，不然一堆科目都無法修。」

那是學姊當時跟我說的話。

我目光仔細看著翊堯學長，他的長相果真如小花學姊說的，長得有點……風流，或許是因為他那紅褐色的頭髮讓人會有這種錯覺，如果他是黑髮的話，應該也不錯看。

學長笑起來的時候的確為他的帥氣加上了不少分數，很有魅力，只是，我總覺得他的笑容中還隱藏著一股……形容不出的感覺。

易銘學長的笑容很像春風般的溫暖，當看見他笑容的時候自己就好像被太陽給包圍住，而翊堯學長的笑容雖然燦爛，給我的卻又是另外一種的感覺，這種感覺也說不出來。

是否是因為他的那雙眼睛呢？如同深井一樣，井中好像藏著什麼吸引人的東西，會讓人無意識的被那雙眼睛給抓住目光，看久了似乎會令人移不開目光……

「小學妹，怎麼一直盯著我看啊？」

他的一句話讓瞬間我回過神，我才意識到原來自己從剛剛就一直盯著他看，我馬上低下頭，不禁又開始覺得尷尬。

目光盯著杯中的奶茶，從剛剛到現在奶茶也已放冷了，我卻連一口都沒喝。

我……我剛剛看他看多久了？

「她盯著你應該是在想該怎麼扁你吧？」小花學姊說。

「……黎櫻花，妳這種三八的個性可不要帶壞小學妹。」翊堯學長低聲的說。

「喂！沒禮貌！怎麼可以說我三八？」

「好，不說妳三八，那說妳白癡。」

「喂……！」小花學姊瞪著他，不滿的嘟起嘴，拿出手機在上面滑了幾下，「我剛剛來的時候，手上正巧拿著手機，原本是要撥打電話給盈盈的，沒想到卻開啟拍照模式，所以──」她邊說邊把手機拿到翊堯學長面前晃了一下。

翊堯學長在看到手機內容時瞪大眼，然後目光變得冷淡。

我湊過去看，不看還好，一看我差點尖叫！

「學姊！妳怎麼可以拍照啊啊？」

那張照片是翊堯學長整個人把我壓在地上時拍的，裡頭那被壓住的女孩一臉慌張，若被不知情的人看到，可能會以為我被強行……呃哼……

我看著小花學姊，實在欲哭無淚，明明已經覺得尷尬了，這樣一來，尷尬指數幾乎破表。

「我先解釋哦！這張照片我是不小心拍到的。」小花學姊說：「我可不是故意要拍的。」

我一臉不信的看著她，默默的將奶茶給一口氣喝光。

「我真的不是故意的。」她又說了一次。

「黎櫻花，把照片刪掉。」翊堯學長語氣冷淡，聽起來卻有如一道命令一樣，他從沙發上起身拿走我那喝完的馬克杯，然後轉身走進另外一個房間。

嘩啦的水聲傳出，我想裡面應該是茶水室。

接著我的手機響了一聲，我低頭看，才發現小花學姊將那張照片傳給了我。

「學姊……」我無言的看著她，不懂她到底在想什麼。

她對我笑了一下，在我面前將她手機裡的那張照片刪掉，然後她頭往我這靠了過來，悄聲的對我說：「被學長撲倒，應該是個難忘的經驗，留做個紀念也好。」

我看著她，完全不知道要說什麼。

而那張照片就這樣被我存放在手機裡的相簿，隨著後來新拍進去的照片，那張照片也逐漸被洗到最前面，最後，被我逐漸淡忘。

★

這天，中午吃完飯我和蔓婷提前到了工學院，在教室外的長椅上坐著等待上課時間。

蔓婷翻閱著她從圖書館借來的小說，我則百般無聊的翻著自己的上課筆記。

同時，我的目光四處觀看，看看今天是否有機會可以看到易銘學長。

剛剛來的時候我還故意挑了一個比較沒有死角的位置，可以遠遠的偷看，又不會被人輕易的發現。

只是等了許久，整排的教室外頭偶爾會有幾位系上的學長經過，但就是沒看到易銘學長。

我偷偷的翻閱著另一本小筆記本，上面明明記錄著上星期差不多這個時段他會從系學會辦公室走出來，而且還跟翊堯學長兩人有說有笑的在電梯面前等電梯。

那時的我正巧從不遠處的廁所走出，正要上前去打聲招呼的時候，他們已走進了電梯，電梯門緩緩關起，然後上面顯示的樓層數字開始往掉下。

我呆呆的站在那看著電梯數字變成一，然後拿出小筆記寫上了幾個字。

小小的筆記本上記錄著這些日子以來收集的小道消息，如幾月幾號星期幾，幾點在哪裡見到易銘學長。

我為什麼要記錄這些呢？這些行為看似變態，但我這麼做可是大有原因的呢！

因為我想要籌備一個不期而遇的計畫，即使能夠講上一兩句話也好，我要讓易銘學長見到我的機會增加、跟我講話的次數增加。

這樣一來，或許在他一天二十四小時的時間內，我能夠估據幾分鐘的時間。

小筆記本上只記錄著時間地點，就算有天被人給撿走了，或是不小心被人給看到了，也只會把上面的文字當作是一般的約會計畫吧。

根本就不會有人發現的，嘿嘿。

瞧，我這麼聰明，這些早就想好了，嘿嘿……

突然間，我豎起耳朵，仔細的凝聽著剛剛出現的說話聲，這聲音、這語調、這不快不慢的說話速度就這樣突然間傳進我的耳裡，輕輕的震動我的耳膜，而且這聲音還逐漸清晰。

是……是易銘學長！

而且他正朝著我們的方向走來！

同時，我也聽到了翊堯學長的聲音。

我假裝認真的翻閱著筆記，心跳卻開始不安的越跳越快、越跳越大聲，那翻閱筆記的手指也開始有些顫抖。

要裝作沒看到，還是要衝到他面前？

如果我就這樣裝作沒看到，那他也沒注意到我怎麼辦？

如果我衝到他面前，他會不會以為我是故意在等他的？

我心急如焚，心中兩派的聲音開始打起架。
「唉……」蔓婷突然嘆了氣，我看向她，她正一臉愁眉苦臉的看著小說。
「蔓婷，妳……怎麼突然嘆氣啊？」我問。
「啊？」她抬起頭來看著對面的我，目光有點閃爍，「呃……沒、沒事啦……」
她低下頭，「就……這本小說有點悲傷，看了心情不由自主的也跟著受到影響。」
「妳借了什麼書啊？」我湊過去想看書名，卻發現桌上有個影子。
有人在我背後，這是我當下的直覺。
而當下我也下意識的轉頭過去，下一秒便對上了一對黑眸，翊堯學長正居高臨下的看著我笑。
我瞪大眼睛，「哇啊——！」
我整個人往反方向彈開了一大步的距離，臉上也帶著一臉驚恐，雙手甚至不自覺的護在胸前，當意識到自己在尖叫時，我連忙摀住自己的嘴巴，然後瞪著他。
「小學妹，妳現在這樣的行為，是間接表示學長是變態嗎？」他態度卻輕鬆自如。
「誰、誰誰、誰叫你突然、然出現？」我又瞪了他一眼，護在胸前的雙手也放了下來。
「講話結巴成這樣，是做了什麼虧心事嗎？」他一臉好笑的看著我。
「我哪有！」我直接否認。
此時，我眼角瞥到易銘學長在一旁對蔓婷講了幾句話。
他身上穿著暗紅色的格子襯衫，好像常常看到他穿這件欸！他喜歡暗紅色格子嗎？
「聽到了嗎？」翊堯學長說。
「聽……啊？什麼？」我回過神，看著他。

「我說，等等兩點的下課期間來系學會找我。」他說。
「要幹麼？」我無奈。
「妳來就知道。」他臉上笑容卻笑得很深。

★

下課兩點，我走到系學會辦公室那邊敲了敲門。來幫我開門的是易銘學長，他溫柔的對我笑了笑，看到他笑容的那瞬間我突然覺得有點緊張。
「先坐吧。」他招呼著我。
我坐在沙發上看著翊堯學長表情嚴肅的講著電話，見到我進來他挑了一下眉。
仔細的看著整個系學會辦公室內的環境，空間大約是一間教室的一半，一個辦公桌與旁邊一個書櫃，靠近門口的地方擺著沙發，辦公桌的一旁有許多雜物堆積著，顯得如此的狹小。
這麼小的空間卻有著這麼多的系學會成員，如果大家都一起出現的話，這裡豈不是擠爆？
「那個……盈盈。」易銘學長突然開口。
「嗯？」我看向他，天啊！好久沒有聽到從他口中叫出的盈盈了！
頓時我心花怒放，覺得底下坐得沙發軟綿綿的，整個沙發好像變成了雲朵漸漸的往上飄浮上去。
「妳知道……蔓婷吃不吃甜食啊？」
「啊？」我眨了眨眼睛。
「因為，第一次段考也快到了嘛！直屬學長姊通常都會在段考前幾天送糖果給學弟妹，來祝福學弟妹考試可以順利。」他慢慢的解釋著：「我是蔓婷的學長，正準備要去買點糖果，但……我根本不知道蔓婷到底吃不吃甜食，如果不吃的話，想說可不可以有別的東西可以取代糖果。」

「哦……」我露出一副原來如此的表情，「學長，你別想太多，我們女生都很愛吃甜食的。」

「真的？所以蔓婷她……？」

「她當然也喜歡甜食啊！有時候我跟她會一起去吃蛋糕呢！」我聲音故意變得有點小聲，手指併排圍在嘴邊，假裝神祕兮兮，「偷偷跟學長說，蔓婷她喜歡吃草莓，你可以買一堆草莓口味的糖果餅乾。」

「太好了，謝謝妳。」易銘學長聽了一臉高興。

「不會不會。」見到他臉上的笑容，我心底也跟著高興起來。

如果，他是我的直屬就好了。

如果他是我的直屬，是不是也會向其他人事先打聽我愛不愛吃甜食呢？這貼心的舉動肯定讓我感動到無法自拔。

所以我有時候真的好羨慕蔓婷，我多麼的希望易銘學長就是我的直屬學長喔……

「小學妹，妳來啦？」翊堯學長的聲音打斷我的思緒。

我點點頭，輕扯一下嘴角，前一節下課故意躲在我背後嚇我，讓現在的我實在無法真心對他展露出笑容。

「等我一下哦！」他丟下這句話，往茶水間走去，沒多久就提著一袋東西出來，「這全部都給妳。」

「啊？這……」我猶豫著要不要接。

「全部給妳吃。」他硬是將袋子塞到我手上。

我打開袋子往裡頭看，裡頭一盒盒的手工餅乾和巧克力，而每一個盒子上面都附上了一張小卡片，我看了一眼，然後退還給翊堯學長。

「學長，請你拿回去吧，這些是其他人給你的心意，你怎麼可以這麼輕易的就轉送給別人啊？」

老實說，我有點為那些愛慕者抱不平。

身為烹飪社的成員我知道，要做完一個蛋糕或是一堆餅乾是要花多少的時間和精力，這些東西包含著滿滿的心意，而翊堯學長卻要拿來送人？

翊堯學長的態度自如，「妳不是別人，妳是我的直屬，這些東西可是只有妳跟黎櫻花才能有的福氣，如果不想吃，妳可以分給別人，如果妳堅決不收，我最後也是丟掉。」

「……學長，你不吃甜食嗎？」

「不是不吃，是只吃自己熟人做的，但那些人我又不認識，每次來系學會一趟就會看到禮物，雖然上面有寫名字，但我根本就不知道對方長得是圓還是扁的。」

「盈盈，妳就幫妳學長消耗這些東西吧！不然熱量這麼高的東西，妳學長吃完都胖了一圈了。」易銘學長竟然在幫翊堯學長說話，我凝視著易銘學長臉上的笑容，恍惚一下。

唉，要命，真的是會屈服於他那陽光似的笑容。

「那我吃完，也會胖一圈啊！」我說，自己胖會要命，別人胖就沒關係嗎？

「小學妹。」翊堯學長露出一個有點詭異的笑容，「學妹，就是用來養胖的。」

學妹就是用來養胖的？

這句話如同錄音帶又在我腦中播放了一遍。

我聽你在放……放……放、放煙火咧。

我欲言又止，看到他的笑容，實在有點想扁他的衝動。

這時，翊堯學長突然一臉驚訝，目光看著我的腳邊，當我納悶的時候他淡淡的喊著：「咦？有隻老鼠欸……」

「哇啊！真假——？」我慌張的跳到沙發上，還因為柔軟沙發沒有個堅硬的立足點，整個人滾到易銘學長身邊。

「對對對對不起！」我睜大眼睛，發現自己有一半的身子都靠著他的同時趕緊離開站好。

他則舉起手說聲沒關係。

我心一驚，剛剛那不小心觸碰到的溫度，殘餘的留在手臂上，意識到這件事的同時我的臉也燥熱了起來。

眨了幾次眼睛想要遮掩這慌張，於是，我先是呆愣的看著地上，接著目光緩緩看向翊堯學長，他正抿笑著，看著我的表情頗有意味，就好像在看馬戲團的小丑一樣。

「小學妹，妳好有趣。」他說。

「啊？」

「這些禮物就當作補償。」

「啊？」補償？什麼啊？

「阿堯騙妳的，根本就沒有老鼠。」易銘學長說：「這裡看起來是有點亂，但絕對不可能會有老鼠的。」

意識到自己原來是被耍的同時，我呆愣住了，該是感謝翊堯學長的舉動讓我不小心和易銘學長有了近距離接觸？還是該抱怨他是個有時候會捉弄學妹的臭學長？

唉……

「下節課快開始了，趕快離開。」翊堯學長提醒，我從沙發上起身，故意在他面前重重的嘆了口氣。

「怎麼嘆氣？」他問。

「沒有，學長，我只是覺得你很……」我將『愛捉弄學妹』這五個字昧著良心改成了，「……嗯，很厲害。」

然後，我滿臉黑線的對他比了個讚。

他頓了一下，抿了笑，那笑容卻讓我有點不寒而慄，於是我默默收起我那隻手。

「什麼啊？」他失笑。

「就……嗯，很厲害。」我昧著良心又說了一次。

「我知道我很厲害啊。」他很不要臉的說：「我也知道我很帥。」讓我頓時無言。

怎麼這學長的自戀程度比我想像中的還要高一點？我心中不禁嘀咕著。

此時鐘聲也響了，「兩位學長，對不起啊！學妹我先行告退。」

「東西記得拿。」我打算就這樣兩手空空的假裝忘記而離開這裡，卻在踏出門口的那一瞬間被叫住。

我假笑的看著翊堯學長將袋子拿到我面前，說出了一句不是打從心底想要說出的話：「非常感謝學長。」說完後快閃而去。

一想到剛剛不小心和易銘學長撞在一起，我的心臟又脫離節奏的開始亂跳著。

回到教室後，蔓婷及身邊同學一臉好奇的看著我手上的袋子，我笑笑的敷衍過去。

雖然我是喜歡吃甜食，但經常在烹飪教室裡，我幾乎每一個星期就會吃到一次甜食，而且除了吃自己的成品，有時候也會吃別人的成品，吃著吃著，老實講，現在看到外面的蛋糕店都覺得有點怕怕的。

我翻了翻袋子中的盒子，發現都是用精美的盒子所包裝成的，為了送禮給心儀對象，這些人確實花上了不少心思。

只是他們根本就不知道這些甜食最後是送進別人的肚子中……

我趁著教授還沒進教室的時候，偷偷看了每個盒子上的卡片，袋中總共有五個盒子，有一個是系上的學姐，其他四個是別系的女生，在別系女生所送的禮物中，其中有一個是要給易銘學長的。

我恍神的看著那個粉綠色盒子，心中頓時冒出了一個想法：如果我送給易銘學長親手做的甜食，下場是不是也會這樣子啊？

如果不是告白，只是想要親手做東西給他吃呢？

話說，我剛剛好像也忘了問易銘學長吃不吃甜食了……

★

過幾天在社課教室裡，我看著食譜上面的步驟，確認著每個食材的量是否正確，確認完後，我將蛋白與蛋黃分開，開始打發蛋白。

小花學姊如往常一樣的走到我身邊跟我聊天，她恰巧是我們這組的組長。

「小花學姊。」我說：「翊堯學長是不是也經常送妳甜食？」

「妳是說他的愛慕者送他的那些甜食嗎？」

我點點頭，她說：「對啊！」接著她無奈的在我面前捏了捏自己的肚子，「都是因為他，害我想減肥根本減不了，還好已經有男朋友了，不然我看沒人敢要我了。」

「沒這麼嚴重吧？學姊妳很可愛啊！」

小花學姊輕笑了幾下，然後問：「妳會想送翊堯學長妳做的餅乾嗎？」

「他會吃嗎？搞不好送他的結果也是被他分送出去。」

「他會吃的，如果是自己的直屬學妹送的，他是會吃掉的哦。」

我吃過翊堯學長那些愛慕者所做的餅乾，那些餅乾好吃到都可以拿去外面賣了，不只外型好看、吃起來硬度適中，而我……

唉……不要說是要送學長了，我根本就不敢拿給別人吃。

吃起來不是太軟就是太硬，更別說是外型了，我的外型根本就不能看，即使用模型輔助了，但做出來外型卻像凝固的爛泥巴一樣。

「但我做出的結果……」我的臉色有點難為情。

小花學姊對我笑了笑，「翊堯學長絕對會吃的，我說過他很疼學妹的。」

我看著她，一臉不信。

「這就是……身為他直屬的我們的特權。」小花學姊嘻嘻的笑，將我手上的蛋白給搶了去，「妳應該是沒有打發完全，沒關係，今天我就在旁邊看妳做，做完就送給翊堯學長吃吃看。」

但我想送的人其實是……

我看著她，沒有說話。

「如果妳日後有了喜歡的人也沒關係，現階段就拿翊堯學長來當實驗用的小白鼠，嘿嘿嘿嘿……」

我看著她，她對我露出了迷人的微笑，輕聲的說：「這就是直屬間的特權啊！」

小花學姊，我覺得妳真的很古靈精怪。

於是，隔天我拿了一瓶胃藥跟我做的幾塊餅乾，送到了系學會辦公室那。

翊堯學長皺眉的看著那瓶胃藥，狐疑的看了我。

「小學妹，這是……？意思是說這些餅乾有問題嗎？」他一臉哭笑不得的看著我特地準備的胃藥。

我垮下臉，「學長，那……你還是不要吃好了。」說完，我便伸手欲要將那一小袋餅乾給拿回。

但在我即將要碰觸到那一小袋餅乾的同時，翊堯學長拿起，下一秒便將小袋子給拆了開。

他瞥了我一眼，將手指伸進袋子裡，很快的就撈出了一塊餅乾，然後他咬了一口。

餅乾脆度的聲音響起，在系學會辦公室這空間內迴盪著。

在送給翊堯學長前我自己有試吃過，跟上次做得比起來確實是好多了，可能因為有小花學姊幫忙的關係。

我看著翊堯學長在我面前將那塊餅乾給喀完，吃完的時候舌頭還無意的舔了一下嘴角，接著他目光看向我。

我也回看著他，等待他這位學長（小白鼠）發表感言。

「還不錯。」

我頓時一喜，「那……翊堯學長，胃藥應該就用不到了吧？」邊說的同時我伸手要將胃藥給拿回，他卻將胃藥給搶走。

我納悶，他卻直接將胃藥放進抽屜然後關上。

「說不定以後會用上。」他笑了笑，留下了這句匪夷所思的話來。

第四章　微酸的感覺

○月○日　星期○地點在工學三樓的教室外　時間為中午十二點半
○月○日　星期○地點在教學大樓一樓　時間為下午三點多
○月○日　星期○地點在操場上　時間為晚上六點左右

……

暗紅色格子襯衫、黑色褲子
米白色襯衫、墨綠色七分褲
深綠色上衣、卡其色長褲

……

時間接近十一月，期中考前一週的假日我特地留在學校讀書，在讀書之餘，我翻著小筆記本看了看，然後目光緩緩的移到旁邊的窗簾上。

不知道易銘學長現在在宿舍做什麼呢？是不是也和我們一樣準備著期中考呢？

他現在穿的是什麼樣的衣服呢？他上次那件軍裝外套好好看哦……在他身上真的很加分欸……

「盈盈。」蔓婷的聲音突然打斷了我的思緒，我快速的闔上小筆記本，笑吟吟的看著她，「嗯？」

「妳在發呆啊？叫妳叫了好幾聲都沒聽到。」

「我……呵呵……」我只是在想妳的直屬學長，當然這句話我並不敢直接說出口，「怎麼了？」

「妳學姊給妳的考古題可不可以借我一下，我等等想要印一份。」她說。

「喔，可以啊！」我翻了翻一旁的書，從裡面抽出了兩疊考古題來。

小花學姊給的考古題和筆記大多都是翊堯學長的字跡，他的字跡乾淨端正整齊，另外還有一些大四學長和其他學長姊的考卷，除了考卷外還附上了正確的詳解，這對我來說根本就是救星無誤。

看了一整個下午的書，現在眼睛實在有點累，轉移目光看著眼前那一堆前幾天收到的歐趴（All Pass）糖，突然間，神情變得恍惚。

前天晚上，小花學姊一個人來到我的宿舍樓下。

「來！」小花學姊將一堆棒棒糖送到我面前，上面附上一張小卡片，「盈盈，祝妳考試順利囉！第一次期中考別緊張，就當作是高中段考一樣，翊堯學長的筆記看一看，考古也算一算，OK的啦！」

「謝謝學姊。」我微笑。

「還有啊……這個是那兩位學長給的。」她交給了我兩盒巧克力。

「好，幫我謝謝那兩位學長。」我依舊微笑。

將糖果跟巧克力拿回宿舍的時候，我看見蔓婷桌上放著一大包的草莓軟糖，同時，也無意間瞥到了草莓軟糖上的卡片，是易銘學長送的。

當下，我微愣。

雖然蔓婷喜歡草莓是我告訴易銘學長的，但莫名的，當看到那包草莓軟糖的時候我感到一陣不高興。

雖然，是我告訴易銘學長的……

雖然，他當下也高興的跟我說了聲謝謝……

但我就是覺得不開心。

想到這，我依然覺得有些不開心，於是我沉下臉，拿起了學長送的巧克力，打開盒子吃了一顆。甜的巧克力，卻因為我的心情而變得苦澀、變得難以下嚥。

「盈盈，謝謝妳。」蔓婷將考古題印好後歸還給我，看到我在吃巧克力時她問了一聲，「學妹送的？」

「是學長送的，妳要來一顆嗎？」我邊說邊把巧克力盒遞到她面前。

「學長送妳的心意，我怎麼好意思？」

「沒關係啊！我還有很多呢！三位學長姊送的加起來，我看我一個月也吃不完了。」

蔓婷笑了笑，拿了一顆巧克力塞進嘴裡後，走回她的座位，也開始分起了她的草莓軟糖。

見狀，我也將學妹送的棒棒糖分給了她，也給了小珠跟樺樺，小珠和樺樺也開始分起她們所拿到的歐趴糖。

當我拿到草莓軟糖後，我看了它好一陣子。

我好像變得越來越喜歡易銘學長了，該怎麼辦啊？

我不禁開始發愣，想像著如果這是易銘學長送我的……

「盈盈，這是我送妳的歐趴糖，祝妳這次段考順利。」粗框眼鏡後面的眼睛因為笑容而瞇起，嘴角的弧度也上揚著，易銘學長正溫柔的盯著我看。

「學、學長，謝謝你……」我小心翼翼的接了過來，上面還附著一張卡片，寫著：祝考試順利。

「書讀得怎麼樣？還順利吧？應該不難吧？」他開始關心起我。

我對他笑了笑，「學長，可以的，你放心吧！」

「若有不懂的問題可以問我，我都會幫妳解答的，妳不用覺得不好意思，有問題就儘量的問，我都會儘量的幫妳解答。」

「嗯，謝謝學長。」呵呵呵……

「那，妳好好讀書哦！」他對我綻放出迷死人的笑容，摸了摸我的頭，「考試完，學長帶妳出去玩。」

考試完，學長帶妳出去玩。考試完，學長帶妳出去玩。考試完，學長帶妳出去玩。

這句話在我腦中重播了三次，我眼睛開始閃閃發光。

「真、真的嗎？」我再次確認。

「當然是真的，學長什麼時候騙過妳？」他柔聲的說。

我望著他，不自覺的開始微笑。

然而，此時易銘學長的笑容卻越來越遠，周遭所有的景物都開始變得模糊……

我回過神，定眼在書桌上的課本。

要命的……剛剛竟然就這樣望著軟糖開始作起夢來了……而且還在睡夢中發笑……

我敲了敲自己的頭，看看時間也快六點了，於是我對室友們提議要不要休息吃個飯，吃完飯再繼續讀書。

結果，那幾顆草莓軟糖我到了期中考來臨時都還沒有打開來吃。

考試的那幾天，我都在口袋中放著那幾顆草莓軟糖，當作是護身符。

這行為看似可笑，可是我卻妄想當作這是易銘學長給我的打氣，即使他並沒有開口祝福我考試考得好，但我還是幻想著他有親口對我說聲加油。

幻想著，這草莓軟糖是他送我的，而不是送給蔓婷的。

期中考結束後，我依舊捨不得吃掉那幾顆軟糖，那幾顆軟糖就這樣被我和其他的糖果放置在書桌上。

那幾顆軟糖，也許是因為有經由他的手碰觸過，所以我格外的珍藏著，即使到最後草莓軟糖被我吃掉了，那糖果紙我還是小心翼翼的收藏起來，小心翼翼的夾在小筆記本的內頁中。

這是我的暗戀，是我藏在心中最深處的祕密，從開始暗戀到現在，也即將滿三個月了。

★

正逢秋天，楓林大道上掉滿了一整排的楓葉，紅的、橘的、褐的，屬於秋天的顏色就這樣揮灑在這道路上，看起來實在美麗。

大道上的兩邊，每隔一段距離就會有一張長椅，好讓學生可以坐著欣賞眼前的美景。

這條道路我經常經過，有時候會看到長椅上的人悠閒的翻著書，一個人享受著午後的時光，有時候會看到一對情侶倚靠在彼此的身上，此時對他們來說，眼中只能容得下對方。

雖然我常經過這裡，但我卻從來沒有在長椅上坐下過。

這天，我一個人去書局晃了一個多小時，買了一本小說打算回宿舍好好的看完，在經過楓林大道的時候，我卻看到有人躺在長椅上睡覺。

並不是沒有看過有人在長椅上睡覺過，因為眼前這美麗的風景，有時候坐著看著其實也會開始神遊，我曾經看過有人坐在上面闔眼休息，但卻沒有看過有人大剌剌的直接橫躺在上面睡覺。

那個人躺在長椅上，臉部被一本開啟的書給遮掩住，我猜他應該是躺著看書，結果不小心睡著了。

我原本不以為意，想說可能是校園中的異人之類的，但卻覺得那個人的身影似乎有點熟悉。

那件衣服、那件褲子、那個身高……好像在看裡看過。

我停下腳步，愣愣的盯著那個人看。

這、這不是翊堯學長嗎？

我看著那屬於他的紅褐色頭髮，確認自己並沒有認確人後，我走到了他的身邊。

「學長。」我輕喚了一聲，蹲在他旁邊看著他，「你怎麼在這裡睡覺啊？」

他沒有回應，我偷偷的拿開他臉上的那本書，翊堯學長的睡臉就這樣呈現在我面前。

他的睫毛根根分明，長到嚇死人，俊挺的五官在他臉上讓他看起來好像是一尊完美的雕像似的，我看著他那張帥氣臉龐，頓時移不開視線，第一次這麼近距離的看翊堯學長，我竟然有點失神了。

一片楓葉緩緩的漂移到他的下巴處，我伸出手打算撥開，卻在要撥走楓葉的那一瞬間像是明白了什麼事一樣。

翊堯學長的頭髮之所以會染成紅褐色，是因為喜愛楓葉的緣故吧？

看著我手上的那片楓葉，我緩緩的移到了翊堯學長的頭髮處，那相近的同色系讓我更加的確定了自己的想法。

但是，為什麼在我送他楓葉書籤的時候，他看起來卻沒有高興的感覺呢？

我想著這個問題，卻想不出答案，屬於這個問題的正確答案，應該只有翊堯學長他自己曉得吧？

我就那樣蹲到腳都發麻了，才站直身體，動了動自己那發麻的腳，我又叫了翊堯學長一聲，「學長。」
邊叫他的同時我手緩緩的放到他的肩膀，打算搖醒他。
「學長，起來囉。」可是叫了幾聲卻都叫不醒。
而且我也開始覺得周圍有些異樣的眼光往我們這裡投射來，雖然心裡頭大概猜得到他們是因為翊堯學長的長相才看向這裡的。
想想，當你一個人走在路上，卻看到長椅凳上有位帥哥睡在上面，你不會想多看幾眼嗎？
要是我，我會。
我看著翊堯學長的睡容，突然不知道哪來的想法，偷偷的從口袋中拿出手機，然後對焦。
喀擦一聲響起，我頓時睜大眼睛趕緊收起手機，只顧著拍照而忘記調成靜音了。
翊堯學長動了一下，悶哼了一聲。
此時，又有一片楓葉飄到了他的臉上，他搖晃了一下頭，卻搖不走那片楓葉。
我伸出手，將他臉上的那片楓葉給拿走，卻見到他眼睛緩緩的睜開，然後盯著我瞧。
下一秒，我睜大眼睛，整個人因為他這突來的睜眼而嚇到往後倒，然後就那樣一屁股的跌坐在成堆的楓葉上。
翊堯學長雙眼盯著我看，神情有些恍惚，過了幾秒，他的嘴角微微翹起，「小學妹，妳想偷襲學長啊？」
我聽了傻眼，「啊？」
「不然妳趁我睡覺的時候在這做什麼？嗯？小學妹？」他坐起身，拍拍身上的楓葉，慢條斯理的整理著自己的服裝儀容。

「我……我只是想說學長你怎麼會睡在這裡，想說來叫醒學長。」我也從地上起身，拍了拍褲子。

「真的？」他一臉不相信的表情。

「真的啦！」我用力的強調，「我才沒有想偷襲你。」

他看著我，不語。

「真的啦！」我不禁開始著急，若真的被誤會的話可怎麼辦啊？

他淺笑，「妳可以去幫我買兩杯熱奶茶嗎？」

「啊？熱奶茶？」為什麼突然講到奶茶？

「我剛睡醒，精神還沒有回覆，小學妹，妳可以幫我去前面那家便利商店買兩杯熱奶茶嗎？」他邊說，邊塞了一張一百元給我。

我愣愣的接下錢，然後把手上的那本書還給他。

「學長，我真的沒有要偷襲你哦！」我又說了一次。

他笑出聲，「好啦，我知道，妳快去買，我在這邊等妳。」

「喔……」我帶著納悶的心情，小跑步的往便利超商跑過去，五分鐘後就拎了兩罐微波過的奶茶出現在翊堯學長面前。

「來，學長。」我將兩杯熱奶茶遞到他前面，「小心點，會燙哦！」

他接過其中一杯奶茶，然後拍了拍他身邊的位置，「小學妹，學長可沒有要妳罰站，妳坐吧。」

我乖乖的坐在他旁邊的位置，坐下的同時也將手上另一杯奶茶遞到他面前，等他接過去。

他看了我一眼，笑了笑，「那杯是請妳的。」

「啊？喔……謝謝學長。」我這才將奶茶給放置在大腿上。

翊堯學長沉默著，我也跟著沉默，我疑惑的看著他的側臉，有點搞不懂他為什麼要我坐在他旁邊。

是要陪他聊天？還是……？

我眨眨眼睛，決定先打破沉默，「學長，你怎麼會睡在這裡啊？」

他抿笑了一下，「原本是在這看書，看久了……不小心睡著了。」他說完重重的吐了一口氣。

「學長，你是不是有什麼煩惱啊？」我問。

他看向我，我隨即意識到自己剛剛問了什麼，連忙補充說：「呃，學長，你不說也沒關係啦！呵呵……當我沒有問。」我尷尬的喝了一口奶茶，卻因為燙舌而馬上吐出來。

剛剛還想說如果學長喝完了一杯奶茶後，另外一杯會冷掉，所以我特地將其中一杯奶茶給弄得熱一點，想說這樣一來即使放久了也還是會有些溫度在，根本就沒有想到他這杯是要請我的。

於是，我低頭瞪著熱奶茶，打算等放冷了再喝。

「小學妹。」翊堯學長沙啞的開口，「課業還可以嗎？」

我點點頭，「嗯，還可以。」

「我寫的那些筆記都看得懂？」他又問。

「嗯，看得懂。」我說。

接著他又沉默了幾秒，打了一聲哈欠，「看不懂的話可以問我，也可以問小花。」

「嗯，我知道。」我說。

接著，又一陣沉默，翊堯學長看著遠方，不知道怎麼一回事，我覺得今天的翊堯學長有點不一樣，但卻又說不出到底是哪裡不一樣。

是因為一大片楓葉的關係嗎？

火紅的楓葉，總是會讓人聯想到寂寞兩個字……

我深呼吸，一臉正經的看著翊堯學長，「學長，這樣好了，我來講些笑話給你聽好不好？」

他挑眉，隨後點了點頭，「好啊！如果不好笑怎麼辦？」

「絕對不會不好笑的。」我打包票。

他勉強扯了一下笑容，「好，那妳說吧。」

我故意咳了幾聲，清了清嗓子，然後開口：「有兩個精神病患者準備要逃出醫院，但醫院為了防止精神患者逃出，在醫院外面蓋了一百層的圍牆，這兩個精神病患逃出了醫院後開始翻牆，翻呀翻的，好不容易翻到了第五十層圍牆的時候，其中一名精神病患問：『你還可以嗎？還有沒有體力？』另外一位精神病患回答：『可以。』於是他們繼續翻牆，兩人翻呀翻的，到達了第九十九層圍牆的時候，其中有一名精神病患說：『怎麼辦？我好累哦！我沒力氣翻牆了。』，另外一位精神病患也說：『對啊！好累哦！我們還是回醫院改天再逃出來吧。』，於是，他們兩位又翻回去醫院了。」

我說完後，看了翊堯學長，打算準備看他開懷大笑的樣子。

他回看我，表情卻跟剛剛一樣，沒有任何的變化，「說完了？」他說。

「嗯……」我有點汗顏，「學長，不好笑嗎？還是……你聽不懂？」

「我聽得懂啊！就是兩位神經病的故事。」他輕聲的說，卻讓我覺得有點尷尬。

「……不好笑嗎？」我問。

「嗯……不會，還蠻好笑的。」

但你臉上完全沒有想要笑的感覺啊！

我想了想，說：「翊堯學長，那我再說另外一個笑話。」

「嗯，妳說吧！」

「這也是神經病的故事，有兩位精神病患者，經歷了種種艱辛的阻礙、費盡了好大的一番功夫才從醫院裡面逃了出來，兩個人跑啊跑的，跳到一棵大樹上去，有一個人從樹上跳了下來，在地上滾啊滾的，然後對著樹上的那個人大喊著：『喂！你怎麼還不下來啊？』，在樹上的那個人卻搖著頭，對他說：『不行啦！我還沒有熟，不能掉下去啊——』。」

講完，我看著翊堯學長，他依舊沒有什麼反應，只是輕扯一下嘴角。

「學長，不好笑嗎？還是……聽不懂？」我又重複剛剛的話。

「我聽得懂。」

「聽得懂，但……不覺得好笑嗎？」

他沉默了一下，然後看著我，「好笑。」

好笑？

我看著那張帥氣的臉龐微微蹙眉，但你臉上沒有任何的笑意啊！

「好吧，學長，不說笑話了，來猜謎。」老實講我有點氣餒。

「妳說吧。」

「世界上哪一種動物喝不醉？」我問。

但他卻直接說：「動物不會喝酒吧？」

「腦筋急轉彎啦！」我說：「動物當然不會喝酒啊！」

他喔了一聲，思考著，思考的同時也將他手上那瓶奶茶喝完，最後他搖搖頭，「我想不到。」

「猜猜看嘛！」

他看著我，又搖了搖頭，「我真的想不到。」

「好，那我要公布解答囉——？」我昂起下巴，裝作一副得意樣，「答案是青蛙。」

「青蛙？」他問：「為什麼？」

「因為，有一首歌的歌詞是：蛙某醉，蛙某醉，蛙某醉……。」我唱起江蕙的那首『酒後的心聲』。

唱了幾句後，我看著翊堯學長，發現他的嘴角稍微上揚了。

他那雙黑眸看著我，沉沉的說：「小學妹，妳好有趣。」

「啊？」我可以把這句話當作是對我講的笑話的稱讚嗎？

翊堯學長你都不笑，是因為你在耍酷，還是我的笑話真的很難笑呀？

★

手上的熱奶茶逐漸變溫，此時的溫度已經可以喝了，於是我喝了幾口奶茶，然後看著翊堯學長。

翊堯學長的目光望向遠處，他手中的那瓶奶茶早就喝完了，他握著那瓶空罐子，指尖在上面一下出力的按、一下又不出力的，反反覆覆發出了一些聲音來。

在我將奶茶喝完後，我們之間一直保持著沉默。

「學長，那我……我要回宿舍了哦？」我指指回宿舍的方向。

他目光看向我，接著將手上的空罐子遞到我面前搖了搖。

我看著那空罐子，眨了幾下眼睛，他是要我幫他丟垃圾的意思嗎？

於是我伸手要將他手上那空罐子拿來，卻在要拿的時候他縮回了手。

「不是，我是叫妳把罐子給我。」他說。

「啊？」我愣愣的將手上那瓶空罐子給他，接著他從長椅上起身，往舊教室的方向走去。

位在楓林大道後面不遠處是一整排的舊教室，樓層只有兩樓而已，年代與校園中其他的建築相比較下來，是稍微的有點久遠，但反而有著傳統念舊的味道。

就像是前人所留下的足跡一樣，走在這舊教室的走廊上，會覺得自己有種走入歷史的錯覺。

我跟著翊堯學長走到舊教室那，翊堯學長在距離他最近的洗手台上清洗著空罐子，水嘩啦嘩啦的沖在空罐子中，卻也同時濺濕了翊堯學長的袖口。

見狀，我下意識的從包包裡拿出手帕，然後伸到翊堯學長面前。

「謝謝。」他接下手帕，然後將兩瓶清洗好的空罐子丟進附近的回收桶裡。

咚！兩瓶罐子沉澱澱的在回收桶中發出了聲響。

「對了，小學妹，這是不是妳的？」翊堯學長問，同時伸手進外套口袋中拿出一本小筆記本。

我睜大眼睛，同時低頭翻閱著自己的包包，那本小筆記本果然不見了！

「我在長椅下撿到的，是妳的嗎？小學妹。」

「對，是我的。」我用力的點了點頭。

接過小筆記本後，我快速的翻閱著，翻閱了一次我心情整個降到谷底，夾在裡頭的那幾張糖果紙不見了啦！

「怎麼？裡面有夾什麼重要的東西嗎？」翊堯學長看我的神情，大約也猜到了。

我低下頭，不死心的又翻閱了一次。

沒有，怎麼翻就是沒有，天啊！我好想哭哦……

我失落的將小筆記本給收進包包裡，懊悔著自己竟然沒有將包包的拉鍊給拉上，導致東西掉了自己都不曉得。

「翊堯學長，你撿起這本筆記的時候，它周圍有沒有什麼東西啊？」我哭喪著臉。

翊堯學長思索了一下，「我是有看到幾張草莓糖果紙啦，不過那應該不是妳夾在裡面的東西吧？」

我睜大眼睛，覺得好像燃起了一片希望。

「然後呢？」我不禁提高音量。

「什麼然後？」

「就……」如果說那幾張糖果紙是我夾在裡面的東西，我會不會被當作是怪人一個啊？

誰沒事會收集糖果紙嘛！對不對？

但這一刻，我突然不知道該說什麼，也只能承認事實了，「學長，那糖果紙……是我的。」

翊堯學長一臉驚訝，「那……那怎麼辦？我以為是一般垃圾就順手丟到垃圾桶裡了……」

好不容易燃起的希望，瞬間滅掉。

「小學妹，對不起啊！糖果紙……很重要嗎？」

我垂頭喪氣，緊緊的抿著嘴，努力讓自己不要掉淚。

最後，我深呼吸，看著翊堯學長，扯出一個理由，「沒事啦！只是……覺得那個糖果很好吃，想說如果下次在逛街的時候看到可以買……但因為怕忘記包裝，所以才留著糖果紙……」

我低下頭，覺得心情好失落。

「對不起啊……我……學長我會想辦法的幫妳找到那糖果的。」翊堯學長說。

「嗯……」我應了一聲。

心裡很清楚知道，就算翊堯學長找到了那糖果，也不是當時我從蔓婷那邊拿到的那幾顆軟糖了。

也不是……易銘學長曾經觸碰過的軟糖了……

★

在宿舍的我心情實在低落到極點，平常這時候的我都會上網爬文，但今天卻沒有任何心情上網，大約過了兩個小時，我的手機突然響了起來，看著這沒看過的號碼，我有點猶豫著要不要接起。

但最後還是接起了，「喂？」

『小學妹，在宿舍嗎？』對方傳來的聲音讓我愣住，是翊堯學長！

「學、學長？」我有點傻住。

『妳現在可以下來一趟嗎？』

「有什麼事嗎？」我問。

『學長下午的時候讓小學妹心情不好，所以妳現在下來一下，學長我要補償妳。』

我猶豫了幾秒，然後穿起外套，走出寢室。

電梯緩緩下降，從電梯裡走出的時候我已透過宿舍大廳的玻璃門看到翊堯學長在外頭的身影，他看見了我，對我揮了一下手。

「學長。」我走到他面前。

「這聲學長聽起來好哀怨哦。」他看著我，一個奇怪的笑容浮現。
我納悶的看著他，見他從背後拿出了一包糖果，與易銘學長送給蔓婷的同樣包裝的糖果。
「還好我還記得那糖果紙長怎樣，跑了幾家商店，總算找到了。」
我傻眼。
「學……學長……」雖然傻眼，但卻莫名的感動。
「可以原諒學長了嗎？小學妹。」他淺笑，臉上有著一絲的祈求。
我看著他，頓時之間不知道該說什麼話。
即使翊堯學長找到同樣包裝的糖果，也不是易銘學長曾經碰觸的那些了。
雖然如此，但翊堯學長此刻的行為卻讓我覺得有點感動，胸口上似乎有一股暖意蔓延了出來，慢慢的擴展到全身上下。
也就在這一瞬間，我心中的那股失落感消失了。
小花學姊果真說的沒錯，翊堯學長很疼愛學妹的，就如同親哥哥疼愛親妹妹一樣般的好。
我因為那幾張糖果包裝紙而心情不好，是不是有點無厘頭？
李佑盈啊李佑盈，妳怎麼忘記了妳當初對自己所說的那些話呢？
此時，我想起了進入大學前對自己所說的那些話，進入大學後，如果真的遇到了自己喜歡的人，千萬不要再默默的喜歡了，一定要鼓起勇氣上前告訴對方說我喜歡你，一定要讓對方明白自己的心意。
那，我收集那些糖果紙做什麼？
如果對方也喜歡著自己，甚至跟自己進一步交往了，那我還需要靠著那些糖果紙去思念對方嗎？

真是蠢，這是現在的我對自己所下的評語。

「如果妳以後遇到類似的事情，其實妳可以拍照，現在手機不是很方便嗎？把包裝拍下來存在手機裡不就好了？這樣一來也不必怕糖果紙會不見了。」翊堯學長的聲音幽幽的傳進我耳中，我回過神，定眼看著他。

「沒錯，就是這樣！」我用力的說，感覺到自己身上那百萬顆的細胞都在顫抖。

翊堯學長微愣，「啊？所以……妳也認同我嗎？」

「我想通了，學長。」開竅的感覺讓我覺得好開心。

「想通？」翊堯學長卻用奇怪的眼神看著我，「想通……以後用手機拍照嗎？」

「唉呦，不是啦！」我笑了笑，接過那包糖果，「謝謝學長。」

對於我態度有如一百八的轉變，翊堯學長有點反應不過來，「所以，小學妹，原諒我了嗎？」

我眨眨眼睛，「學長你有做什麼事情讓我生氣的嗎？」

「我是沒有讓妳生氣，但……我好像讓妳難過了……雖然不知道為什麼，買不到這糖果有必要這麼難過嗎？」他說著指了指我手中的那包糖果。

「呃……」沒想到剛剛我們兩人的對話完全牛頭不對馬嘴，但卻也聊得很順，於是我傻笑，直接順著學長的話講下去，「嗯啊，因為我聽說這糖果好像限量。」

「真假？妳說這糖果限量？」

我點點頭，「嗯啊！所以……我才會覺得很失落的，不過學長，我沒有責怪你的意思，你別放在心上。」

翊堯學長表情依舊納悶，輕輕哦了一聲，最後給了我一個笑容。

但這笑容，好像有點無奈的感覺。

★

我繼續往我的目標前進。

小筆記本上繼續記錄著幾月幾日在校園中的哪裡遇見了易銘學長，同時間，也經常撥出時間往社課教室跑去。

我甚至還跟社長借了社課教室的鑰匙，經常借著，也跟社長熟了起來，她覺得我真的是一位熱衷於社團的乖學妹。

殊不知道，我會想要增進我的廚藝其實是為了抓住自己喜歡的人。

有人說：若要抓住一個男人的心，就得先抓住他的胃。

易銘學長的胃，希望日後的某一天真的能夠被我抓到。

星期五中午十二點整，在離社課時間還有五個小時，我在吃完了午餐後就先來到了社課教室。

將所有的食材都拿出來後我開始處理，打算作盤義大利麵，經過了一個半小時，我總算完成了。

陣陣的奶油香直撲鼻腔，故意搗成零碎的培根與閃閃發光的蛋液，蛋液因為地心引力而緩緩滑落至麵堆裡，讓人看了不禁勾起食慾來。

我滿意的看著我的作品，然後拿出手機撥打了一通電話，打算請人過來幫我試吃一下。

第一通電話對方響了好久都沒有接起，我納悶的看著手機，或許翊堯學長現在在忙吧？我想。

那……打給包子學長看看，雖然身為大四生的他好像有點忙，但請他過來幫我試吃一下應該不會花太多時間，若抽不開身的話我就直接送到他面前去。

響沒幾聲就被對方接起了。

『喂？』一聲低沉的聲音響起。

「包子學長，我是盈盈。」我直接開門見山的說：「有件事想要請你幫忙。」

『什麼事？』

「學長你現在肚子餓不餓啊？」

『學妹妳問這問題的意思是……？』

「喔，學長，是這樣子的，我在烹飪教室做了一碗義大利麵，想要請人來幫我試吃看看，若學長——」

我話還沒說完，包子學長就打斷了我，『不用不用，我現在吃不下，妳找別人吧。』

連再見也不說就直接掛電話，我愣愣的看著手機，怎麼覺得包子學長的態度好像在逃避什麼一樣？

有這麼可怕嗎？不過就只是試吃而已嘛！

而且，我又沒有拿東西給他試吃過，為什麼他會這麼抗拒啊？

接下來，我打算找蔓婷，卻突然想到她正在上通識課，而其他兩位室友這個時候早就回家去了。

我又想了想，最後決定撥打這個人的電話。

十五分鐘後，穿著籃球衣的李逸光出現在烹飪社教室外，他剛剛打完籃球，臉上、脖子上、手臂上全部都是汗水，而且有的部位還因為角度有點在反光，我蹙起眉頭，猶豫著要不要讓他進烹飪社教室。

「到底要幹麼啊李佑盈？」他滿臉不耐煩，「妳要我幫妳試吃什麼？」

我不回答他，直接說：「你在這等我一下哦。」說完，我走進社課教室拿出了那盤義大利麵。

當看到那盤義大利麵的同時，李逸光眼睛睜大，「妳……妳要給我吃這個？」他表情訴說著不敢相信。

我則慢慢解釋，「想請你幫我試吃一下，看看這個味道對你們男生來說可不可以？」

「我們男生？」他抓到了幾個關鍵字，「怎麼？你要做給哪個男生吃啊？」一臉曖昧的對我笑了笑。

「關你什麼事啊？到底幫不幫啊？」

「幫，當然幫啊！不過妳什麼時候要給我翊堯學長的簽名照？」他接過去我遞給他的叉子，直接挖起一大口義大利麵準備送進嘴裡……

「等等！」我制止他的行動，「這麼一大口你要怎麼品嚐啊？小口一點啦！」

「有差嗎？這不是全部都要給我吃的嗎？」

「是……是這樣沒錯……好啦，隨便你啦！」同時，心中卻在嘀咕著：易銘學長根本就不會這樣吃東西，他一定動作優雅的拿起叉子，優雅的捲起一口麵，慢慢的送進嘴裡，慢慢的咀嚼，慢慢的吞嚥……

李逸光將一大口的義大利麵送進嘴裡，咀嚼的過程緊皺著五官，我看著他的表情，直到他將那一口麵吞下後，我連忙問：「如何？好吃嗎？」

「根本就沒味道啊！妳是不是忘記放調味料啊？」他抱怨。

「啊？沒味道？怎麼可能啊！」我直接搶過他手上的義大利麵和叉子，直接捲起一口麵然後往自己的嘴裡送，咀嚼了一下，然後匆匆忙忙的跑進社課教室裡，瞪著桌上的那包食材。

我……我在做醬料的時候竟然忘記把這東西給放進去了！

「欸，妳……沒事吧？」李逸光走到我後面。

我吐了一口氣，懊惱著，無奈的盯著桌上那盤義大利麵看。

「雖然沒味道，可是……聞起來很香啊……」我知道李逸光正試圖的安慰我，但我冷冷的回他：「你吃東西是用嘴巴吃還是用鼻子聞啊？」

李逸光攤手，「不然打算怎麼辦？」

「啊？就……」我反應過來，「就只能丟掉啊！不然能幹麼？沒味道，根本就沒人想吃啊！」

「那……給我！」李逸光說，搶去我手上的叉子後拉了一把椅子過來，然後直接一屁股坐下開始吃著那盤沒味道的義大利麵。

我微愣，「欸，你可以不用這麼勉強自己的……」

「沒關係啦！還是可以吃的，正巧我肚子餓了，這樣直接吃就可以了……妳……妳除了這一次叫我幫妳試味道外，妳還有叫誰幫妳試吃過妳做的東西？」

「翊堯學長。」我回答。

「什麼？」他的音量變大聲，「妳怎麼可以荼毒我的偶像啊？」

「什麼荼毒？講話很難聽欸你！」我有點不悅，「我上次做餅乾請我學長試吃，他還說很好吃呢！」

「真的嗎？」他一臉不信，讓我超想把桌上的醬油淋在他頭上。

「真的，不相信的話你自己去問他。」

不久，他總算將那一盤沒味道的義大利麵吃了光，擦擦嘴角，還很沒禮貌的在我面前打嗝。

我無言的看著他，很難想像自己小時候怎麼會喜歡上他。

「今天既然幫妳試吃了，妳也要趕快把我們說好的東西給我哦。」他說，同時拍拍自己的肚子。

「我們說好的東西？」我用疑惑的眼光看著他，「什麼東西啊？」

「妳學長的簽名照啊！」他挺胸，「我是認真的欸！妳快去幫我要啦！」

我瞬間無言，經過了好久才勉強吐出：「喔……好啦……」

★

唉，既然都已經答應了李逸光，我只好硬著頭皮去找翊堯學長跟他求一張簽名照。

站在系學會辦公室外的我有點猶豫，想著等等到底該怎麼跟翊堯學長開口比較好。

他會不會以為是我想收集的啊？如果他誤會了，那我頭可就大了。

到底該怎麼開口啊？

當我抓著頭在辦公室外徘徊不定的時候，翊堯學長突然從旁邊出現，我趕緊放下那隻正在抓頭的手，微笑的看著他。

「小學妹，妳找我嗎？」他問。

我點點頭。

「什麼事啊？」他對我挑了眉。

我深呼吸，開始開口：「學長，你……呃……就是……就是我有個同學，他還蠻崇拜你的，得知我是你的直屬後，求我來跟你要張……簽、簽名照……」我講到後面聲音越變越小。

奇怪，明明就不是我要收藏的，明明我就只是被人委託，我是在不好意思什麼？

「簽名照？」他的表情有點無言。

我遲疑了一秒後才點點頭。

「哪個學妹想要我的簽名照啊？」他看著我，一臉想笑的眼神，「小學妹，不會是妳自己想要的吧？」

我揮了揮手，「不是我啦！」就算我想收藏簽名照，也是收集易銘學長的，好嗎？

「我開玩笑的。」他說：「那是哪位學妹啊？我可以知道嗎？」

「不是學妹，是學弟。」

在我講完這句話後，翊堯學長呆住，嘴巴微微張開，好像看到了什麼可怕的東西一樣。

然後，他的笑容變得有點僵，「是……學弟啊？這……」

糟糕，翊堯學長他是不是誤會什麼了？

「學長，你別想太多，我這位同學他性向很正常。」應該吧，我想。

翊堯學長收起他那看起來不像是笑容的笑容，我則繼續說：「他純粹只是很崇拜學長。」

他思索了一下，淺笑著：「只是，我不拍照的欸。」

「你不拍照？」

翊堯學長點了點頭，「妳看過我臉書，應該知道裡面都沒有放我的照片吧？」

我回想一下，他說的的確沒有錯，學長的臉書上面連一張他的照片都沒有，就算有朋友拍到他，他也都請對方不要標記他。這也難怪在見到他以前我一直覺得這位學長很神祕。

「那學長，我現在幫你拍一張好不好？」說著，我拿出我的手機來。

「不要。」他馬上拒絕，讓我覺得有點尷尬，拿出手機的那隻手也騰在半空中，過幾秒默默的放下。

我說：「好吧學長，那我去拒絕我同學，畢竟……也不能逼你做你不喜歡的事情嘛！」

他凝視著我，看著我將手機給收回口袋。

「那……小學妹。」他叫我，我納悶的看著他，他說：「妳可以拍，但是必需在我完全不知情的時候拍，而且我的五官都要拍得很清晰，不能被遮擋住，若妳拍到的話，去洗出來，我就幫妳在上面簽名。」

我努力將他每個字都消化到腦袋中，等回過神的時候，翊堯學長他早就離開了。

他……他剛剛的話是要我做偷窺狂的意思嗎？

人家好不容易不做偷窺狂了欸！你這樣是要我重出江湖嗎？

第五章　微甜的感覺

季節接近十二月，大陸冷氣團南下壟罩在台灣上空，整個校園中不時的吹來冷風，在校園中的每個人為了避寒都穿著厚外套，將自己包得緊緊的。

而我，除非要上課或是社團，非必要的時間也都躲在宿舍裡面，避免接觸外面那冷得要死的冷空氣。

「李逸光，我可不可以不要幫你拿簽名照啊？」在下課期間我抓住李逸光，對他說。

「不行，這是妳答應我的事。」他的態度完全沒得商量。

我悻悻然，哀怨的神情看著他的背影。

自從翊堯學長對我說過那段話後，我好像就再也沒看到他了，去了系學會辦公室，他不在裡面，去了他曾經不小心睡著的楓林大道那，他也不在。

這樣我是要怎麼偷拍他啊？

這才知道，我對翊堯學長的認識實在少之又少，對我而言，他依舊神祕。

「盈盈，妳來找妳學長嗎？」易銘學長見我一個人呆呆的站在系學會辦公室外，問了我一聲。

我點點頭，然後又用力的搖了搖頭，這舉動也讓易銘學長笑了起來。

在看到易銘學長笑臉的同時，我的心跳突然變得大聲，大聲到讓我不禁懷疑是不是會被易銘學長給聽到。

學長，義大利麵我已經可以成功了！手工餅乾我也已經可以成功了哦！

「學長，我……我可以請問你幾個問題嗎？」我努力壓抑著自己緊張的情緒，對學長開了口。

「我？當然可以啊！妳要不要進辦公室裡坐？」

「但是……」我看著門上的那張紙條，遲疑著，「但是學長你和我又不是系學會的成員，這樣子進去……好像有點不太好……」

易銘學長微微笑，「我跟阿堯的交情，看到的人不會說什麼的。」

「好……那……那我就跟學長……一起……進去……」一起進去……愛的小窩……

嘿嘿嘿，開始胡思亂想的我開始發笑。

易銘學長人很高，我凝視著他的背影與那寬闊的肩膀……

不知道，當我倚靠著這肩膀會有什麼感覺呢？

應該是會感到心安吧？我想。

不知道，當我從易銘學長的背後抱著他的腰，頭輕靠在他的背上，會有什麼感覺呢？

應該會覺得很幸福、甚至幸福到爆炸吧？我想。

「來，請坐。」踏進辦公室後，易銘學長手指了沙發，我便坐了上去，「妳要問我什麼啊？」他問。

「我……」天啊！剛剛明明很有勇氣的，現在卻不知道怎麼開這個口……這……

「嗯？」易銘學長依舊微笑著，而且很有耐心的等待著我。

我深呼吸，手忙腳亂的從包包裡面拿出了小筆記本和筆，將頭髮撥到耳後，我鼓起勇氣，強迫自己對上他那如星星柔水般的眼眸。

「學長……你……愛吃義大利麵嗎？」我抖著音，拿起筆準備在筆記上做起筆記。

「義大利麵？」他神情狐疑。

我點點頭，「對啊！學長喜歡吃義大利麵嗎？」

「我是不排斥啦！沒有很喜歡，也沒有不喜歡。」

我在筆記上寫了寫。

「如果只能點義大利麵的話，學長都點什麼口味啊？紅醬、白醬，還是青醬？」

「不一定，看我心情。」

還真是模稜兩可的答案。

「那學長喜歡吃手工餅乾嗎？」我又問。

「手工餅乾？」他的表情越來越狐疑，「也是不排斥，沒有很喜歡，也沒有不喜歡。」

我在筆記上寫了寫。

「盈盈，妳為什麼要問我這些事情啊？」他問。

「就……」我在筆記上記錄完文字後，隨意的亂畫，假裝自己還是在做筆記。

慘了，想不到理由欸，怎辦？

總不能直接對易銘學長說我在對他做調查吧？是因為我想做東西給他吃……這樣會不會太明顯了？

我咬著下唇，依舊在筆記上隨意的亂畫。

「是……蔓婷叫妳來問的嗎？」

我停下手，抬起眼看向易銘學長，目光不偏不移的正巧對上他那雙眼睛，他的眼睛裡隱藏著笑意，讓我不禁看了呆。

「是嗎？」他又問了一聲，那溫和的表情讓我恍神了，我不自覺的點了點頭。
蔓婷，對不起了，我不是有意的。
「學長，你……請你裝作不知情，可不可以？」我假裝要求著他，「不要讓別人知道這件事。」
「好，我答應妳。」他說：「我不會讓蔓婷知道是她叫妳來問我。」
眼鏡後面的笑意越來越深，讓我有點不好意思的低下了頭。
蔓婷，真的對不起了，我不是有意的。
「既然如此，義大利麵就為奶油白醬，我經常點的是白酒蛤蠣。」
我在筆記上寫了寫，易銘學長又說：「手工餅乾的話，就我剛剛說的，我不會排斥。」
「嗯。」我又動筆，「那學長吃不吃蛋糕呢？喜歡什麼口味的蛋糕？」
「蛋糕……抹茶吧！草莓的話也可以接受。」
「學長有沒有希望能收到什麼樣的生日禮物呢？」
「生日禮物啊……」他沉思著，過幾秒後搖搖頭，「倒是沒有想到要收到什麼禮物，但我希望我喜歡的人可以跟我一起過生日，只要陪伴，我就會覺得很開心。」
「嗯……」
只要陪伴，他就會覺得很開心？
我……我可以把這句話當作這是易銘學長對我說的嗎？嘿嘿嘿。
「學長，那你……現在有喜歡的人嗎？」我鼓起勇氣，問了這個問題，當這句話全部說完的同時，我覺得我的心臟快到要從嘴中跳出來了。
我佯裝鎮定著看著易銘學長，上齒不自覺的咬著下唇，因為喉嚨頓時的乾澀而吞了一口口水。

有嗎？有嗎？如果沒有，那我會不會有機會？

「現在沒有。」當他吐出這句話的同時，我心中好像在放煙火，一陣一陣的震撼我整個身體。

「那……學長喜歡怎樣的人啊？」我又吞了口水。

「這個……」他思索了一下，說：「主要是靠感覺吧，妳要我說出個什麼，我也不知道怎麼說。」

我動筆寫著，「那學長……你會介意對方身材好壞嗎？」這個問題問出來的同時，我覺得臉好燙。

易銘學長輕笑，搖搖頭，「我沒有在介意這個的，這問題……還蠻可愛的，呵呵。」

學長，我可以當作你是在稱讚我可愛嗎？

★

易銘學長從茶水間走出的時候，雙手上各拿著一杯馬克杯。

「先喝完，暖暖身子，然後再離開。」他將裝滿奶茶的馬克杯遞到我面前，我緩緩的接了過來，低頭看著杯中的奶茶，不自覺的泛開笑容。

易銘學長親手泡奶茶給我喝欸……嘿嘿嘿。

我覺得現在好幸福喔……嘿嘿嘿。

奶茶……對了！

我小心翼翼的啜著了一口奶茶，順道問了易銘學長：「學長，你知道翊堯學長人在哪裡嗎？我好久沒看到他了。」

「會很久嗎？你們上次不是才在這裡講過話？」他說：「也才兩週的時間，盈盈妳就在想他啊？」

「我……我、我才不是在想他咧……」我趕緊否認。千萬別誤會啊！我喜歡的人是你，我想翊堯學長做什麼呢？對不對？

「妳今天來不就是要來找阿堯的嗎？」

「……是沒錯，但其實我也不是要來找他的，只是看他在不在。」

「看他在不在？」易銘學長納悶，「不就是來找他的嗎？」

一時之間難以解釋，於是我很快的開啟下一個話題，「學長，你知道為什麼翊堯學長不喜歡拍照嗎？」

「這我不太曉得欸，我大一認識他的時候他就這樣了。」

「從大一的時候就這樣啊？」意思是從大學以前就這樣子了嗎？

「嗯，妳怎麼會問這個問題？」

「因為……」我只好將兩週前翊堯學長在系學會辦公室外跟我談話的內容大約講給易銘學長聽，「大致上就是這樣子，我只是想要知道他人在哪裡，看可不可以偷拍到他。」

易銘學長點了頭，「妳想拍他……我知道他常常在楓林大道那邊看書，偶爾也會跑圖書館，這兩個地點妳就看一下。」

我點點頭，楓林大道已經跑好幾次都沒看到人影，或許翊堯學長人真的在圖書館裡面也說不定，現在外面這麼的冷，誰還會在楓林大道那邊吹冷風啊？要是我的話我也會躲到圖書館這種溫暖的地方去。

「我沒有想到阿堯會對妳說那些話……」易銘學長突然莫名的冒出這句話。

「什麼意思？」我問。

「之前我們班女生還有一些學姊跟學妹在運動會的時候都會找他合照，但他不要就是不要，態度非常的堅決。」

「但……還是會有人在旁邊偷偷拍他吧？現在手機這麼方便不是嗎？」

「他就是不喜歡被拍，以前大一的時候若看到旁邊有人偷拍他，他都會很兇的請對方將照片刪掉，比起大一，現在態度比較好了，看到有人偷拍的話直接掉頭走人，或是用東西擋住臉，也不會兇別人，而拍照或合照的話當然還是很抗拒。」易銘學長輕吐了一口氣，「現在升到大三，周圍的人也都知道他不喜歡被拍，也就沒有人勉強他了。」

我眨眨眼睛。

「當然還是有人會偷偷的拍，只是他不知道而已。」

我點了幾下頭，喝著溫溫的奶茶，卻嚐不到奶茶的甜味，因為此刻心裡開始冒出好多疑惑，這些疑惑將那甜味整個覆蓋過去。

如果真的是易銘學長所說的那樣，那翊堯學長又為什麼叫我在他不知情的情況下偷拍他？

難不成其實他根本享受被人偷拍啊？

……看來翊堯學長果然怪怪的。

★

烹飪社課時間，整間烹飪教室瀰漫著奶油香味，每一組的烹飪社員邊小聲的聊著天邊攪拌著材料，偶爾響起的是烤箱時間到的叮叮聲。

「小花學姊。」我抱著鍋子走到她身邊，邊將蛋液和過完篩的麵粉攪拌在一起，「妳知道為什麼翊堯學長不愛拍照嗎？」我開口問。

小花學姊邊咀嚼著口中的蛋塔，搖了搖頭，等吞嚥後，她說：「妳要不要問秋易銘看看？身為翊堯學長的閨密加親密的枕邊人，他可能會知道。」

閨密？枕邊人？這些名詞讓我無語了一下。

她又咬了一口蛋塔，「我也不知道為什麼我們學長不愛拍照，上次啦啦隊比賽衝到他身邊抓住他想說要跟他合照，他超級冷漠的，直接打槍我欸。」

「會不會有……拍照恐懼症啊？」我胡亂猜測，「比如說聽到拍照的聲音啊！還是不喜歡被閃光登閃到啊！之類的。」

「沒那種東西吧。」小花學姊失笑著，將手上的最後一口蛋塔塞進嘴裡。

「我瞎猜的啦。」說完，我挖了一匙攪拌物，瞇起眼睛看有沒有攪拌均勻。

「盈盈，妳想跟我們的帥哥學長合照，對不對？嘿嘿嘿……看來，妳也抵擋不了我們學長的魅力呀？妳被他電到了對不對？嘻嘻嘻嘻。」

「不是啦！」我否認，然後開始解釋：「只是……有同學委託我要我去跟翊堯學長要張簽名照，我找過學長了，但他卻說他不愛拍照。」

「簽名照？」小花學姊瞪大眼睛，笑容更加的深，「哪位學妹想要啊？我認識嗎？」

「呃……不是學妹，是學弟。」

「學、學弟？」小花學姊先愣住，下一秒就笑了出來，笑到無法自拔，周圍幾個社員都一臉納悶的看著這位不斷在笑的學姊，她甚至笑到眼睛都飆淚了還在笑，過幾秒後她用力喘著氣，摸了摸肚子，看著我，笑意仍然在，「我笑到肚子好痛。」

「有什麼好笑的？」我皺眉。

「唉，妳不知道啦！我從別人那聽說他高中的時候被班上一位同性戀追，對方每天早上都送早餐，下午都送雞排跟珍奶放在他桌上，他剛開始都不知道是誰，只當作是一般的愛慕者，直到有一天看到那個人放早餐在他桌上，他才整個傻眼，嚇都嚇死了，自此過後，他只要看到那個人，他就會閃得遠遠的。」

「學長魅力這麼大啊？大到有男生喜歡。」我聽了有點呆愣。

小花學姊點點頭，「我並不是反對同性戀，我只是覺得……很好笑。」

我輕扯了一下嘴角，「但我那位同學的性向很正常，只是單純的很崇拜翊堯學長。」

「這樣呀……」

「嗯。」我用力的點了點頭。

李逸光啊李逸光，我還是有幫你跟大家解釋的，誰叫你沒事想要人家的簽名照，若傳出去被誤會的話，那可不關我的事。

雖然我對外解釋說他性向是正常的，但……事實上到底正不正常我就不太曉得了，我也沒有問過他。

★

李逸光瞪大眼睛，兩隻眼睛像杏仁核一樣。

我佯裝沒事般的聳聳肩，「你承認沒關係，我不會介意的。」

他嘴裡的那口蛋塔就這樣掉了出來，我愣住，反應過來後往他頭用力巴了下去。

「喂！你竟然把我做的食物丟到地上去！」我生氣的說。

他撿起，也不管髒不髒直接塞回嘴中。

看到這畫面我又傻住，這小子……

吞嚥後，他大聲的對我吼著：「我性向很正常好不好⁉」聲音大到讓我不自覺的往後退一步。

我揉揉耳朵，瞪著他，「正常就正常，有必要這麼大聲嗎？你河東獅啊？」

他抿了嘴，伸出手，「我還要吃。」

「不行。」我將手中的袋子往背後挪，「這是要給其他人吃的。」

「其他人？學長嗎？妳又要荼毒學長⁉」

「我這哪叫荼毒⁉你很沒禮貌欸！以後不給你吃了！」

「好啦好啦，真囉嗦……」他用手背擦擦嘴，「這次的還不錯啦！由我這個試毒官試過，吃起來很安全的。」

我無言的瞪著他，試毒官咧？那你怎麼沒有拿銀針？

「要快點幫我拿到簽名照哦。」

「……喔，我儘量啦！翊堯學長他又不愛拍照，我也很為難啊！」

「他不愛拍照？」李逸光一臉看到大腳怪的表情，「真的假的？」

「真的啊！所以我正在努力的幫你想辦法，一定會給你的啦！不過你要等。」

「但對方都擺明不愛拍照了，難不成妳要偷拍然後再拿去給他簽名？這樣他不就知道了？」

「知道就知道啊！是學長說我可以偷拍他的。」

「啊？」他的表情從看到大腳怪的表情升級到看到外星人的表情，「翊堯學長說妳可以偷拍他？」

我點點頭，「但他說要在他不知情的情況下，若被他發現的話就不算，我也不懂他是在跟我玩什麼遊戲？」

說完，李逸光的表情從看到外星人的表情升級到發現外星人居住在地球的表情。

他無語了。

「你無言個屁？我這樣還不是為了你！」我說。

「為了我？」他眨眨眼睛，然後輕笑了一聲，若有似無的笑容在他臉上呈現。

看著他的表情變化，我意識到剛剛講那句話是不是有點曖昧？

「李佑盈，妳國小的時候是不是喜歡過我？」他問，態度輕鬆自如。

啊？他現在問這幹麼？

「誰沒事會問六年前發生的事情啊？」我瞪了他一眼，「無聊啊？」

「問一下嘛……妳反應這麼大……是代表被我說中了？」他的嘴角勾了起來，我的拳頭握了起來。

「就算真的有好了，那又怎樣？都這麼久了，你能怎樣？」

「妳脾氣真的有點不太好。」

「你再說下一次塞進你嘴中就不是我做的食物了，而是我的拳頭。」

他吃吃的笑，然後說：「那我自己承認，我國小有喜歡妳。」

我微愣，「……喔。」

「喔？喔妳個頭啦！」

我倒退一步，「先生，你活在哪個時空啊？現在是二〇一八年，你幹麼講以前的事啊？」

「所以妳也喜歡過我囉？」

我不知道他腦袋到底裝了什麼，不知道從我講的哪句話下出了這個結論來。

接著，我嘆了口氣，「那都已經過去了，我現在有喜歡的人了。」

「妳有喜歡的人？妳學長嗎？」

「不是。」我否認，奇怪，為什麼他會以為我喜歡翊堯學長啊？

「不是的話，那是誰？」

我不禁皺眉，「為什麼我要告訴你啊？」

「說不定我可以幫妳。」

「不用啦，我自己的事，我會自己想辦法。」而且，其實你已經在幫我了，只是你自己不知道而已。

小白鼠二號，加油。

★

至於小白鼠一號是誰？就非翊堯學長莫屬啦！

走進工學院發現旁邊的電梯正緩緩闔上，我趕緊衝了進去，怎知，一衝進去就撞上裡面的人，衝勁過大的我將對方整個人給撞彈到電梯牆上。

「對不起對不起……」當我站穩看到對方臉龐的時候，我愣了愣，「翊堯學長？」

身高一百八的他竟然被我這位身高一百六的美少女給撞飛出去，說出來大家相不相信？

戴著口罩的他瞇起了眼睛，然後伸出手推了推我的肩膀，我這才意識到我跟他之間的距離是如此的近，趕緊倒退一步。

他咳了幾聲，聲音沙啞的說：「我感冒，離我遠一點小學妹。」

「你感冒了？」感冒的話不就不能吃蛋塔了嗎？我邊想的同時，邊把蛋塔藏到了背後不讓他看見，好吧，小白鼠一號今天休戰一次。

「嗯，妳來這上課嗎？」

我搖搖頭，「我是來找你的，不過現在沒事了。」

「找我？沒事？是我感冒頭太暈理解不清妳講的話嗎？」

「呃……唉呦，學長，我本來要送蛋塔給你吃，但你感冒不能吃甜的，所以我……我想說拿去給包子學長吃。」包子學長又名小白鼠三號，雖然別稱小白鼠，但他到現在根本就沒吃過我做的東西，每次打電話他都以肚子痛或是吃不下任何東西為理由來拒絕我，我看他擺明就是不敢吃我做的東西。都不給我這學妹一點面子，哪像翊堯學長，我不管送什麼他都會吃，這隻小白鼠一號真的好乖好聽話。

「大四學長應該不會吃，妳還是給我吧，小學妹。」他向我伸出手，此時電梯也抵達了。

我和翊堯學長走出電梯，我看著他，他表情看起來很難受，整個人看起來很虛弱。

「學長，但你感冒欸，感冒不能吃甜的。」我搖搖頭，要是吃了變嚴重的話我可是罪孽深重啊！

「還有，為什麼你說大四學長應該不會吃？」

他凝視著我，那雙眼睛因為全身的無力而好像隨時都會閉眼入睡的樣子，咳了幾聲，他說：「因為黎櫻花。」

「小花學姊？」

翊堯學長點點頭，「她跟妳一樣，加入烹飪社後只要做出了東西，就會送給我們這兩位學長吃，如果是社團上課大家一起做的東西也就算了，她自己還研發出一堆奇奇怪怪的西點，硬是要我們幫她試吃，長期試吃下來的結果大四學長怕了，只要黎櫻花要送什麼他就逃得遠遠的，而我也常常被她搞到肚子痛。」

聽到這個事實，我傻住了。

小花學姊竟然還拉著我步入她的後塵，這……

也難怪每次包子學長接到我的電話就好像是鬼來電一樣的恐懼。

「她那時候在倒追一個男生，想用食物抓住那男生的心，所以把我們這些苦命的學長拖下水。」翊堯學長說：「我覺得我是該感謝她一下，偶爾若想翹課的時候可以騙教授說我肚子痛，他們就會認為我學妹又餵我吃毒了。」

「那學長……你怎麼不學學大四學長拒絕她啊？」

「我也想啊！但是……就覺得這個女孩很拚命，覺得她的行為令人感動。」

原來如此……

「學長。」我說：「你這樣一說，我覺得我好像在害你們哦……」

他輕笑了聲，然後又咳了幾聲，「妳跟她比起來，根本就小巫見大巫，黎櫻花比妳可怕多了。」

我默默的將蛋塔收進口袋中，決定還是別送了，還是自己回宿舍慢慢吃掉吧。

「剛剛的話別介意，妳還是可以送東西給我試吃。」他說：「更何況，妳都買瓶胃藥給我了，不是嗎？」

「……」

★

冷氣團離開，各地的溫度稍微回暖，因為正逢冬季，楓林大道上的楓樹只剩光禿禿的樹枝，看了有種滄桑感，也有點落寞。

直到現在，我依然沒有拍到翊堯學長的照片。

經過這些日子，真的覺得自己好像跟蹤狂，行為真的有點變態，但比起拿起望遠鏡來偷窺男宿，我倒覺得這個好太多了。

不知不覺，我的小筆記本上也開始記錄著看到翊堯學長日期與地點，次數都快比易銘學長的還要多。

我皺眉看著小筆記本，後悔當初竟然答應李逸光的要求，簡直是沒事找事做，為自己添加了不少麻煩來。

呼……

走出宿舍，我手放在嘴巴前，吐出暖氣暖暖手掌心，往圖書館走去。

按照筆記，翊堯學長現在應該在圖書館看書才對，冬天降臨，他也不得不離開楓林大道的長椅上，往圖書館移動去了。

學校圖書館總共有五層樓，每一層樓的分類都不一樣，我調查過了，翊堯學長總是常常出現在三樓。

圖書館裡真的很靜，偶爾響起的是些微的翻頁聲與小聲的談話聲，我放慢腳步的將三樓整個環繞過一遍，當發現目標物後，我心中暗自高興了一下，接著緩緩的往他的方向移動過去。

我偷偷的躲在書櫃後面，看到翊堯學長一手托著臉頰，一手翻著書頁，眉宇之間顯現著他此時的認真，俊俏的側臉極為專注，這畫面也讓我不自覺看了呆。

翊堯學長是真的很帥，只可惜我喜歡的人是別人。

我偷偷繞到他前方的書櫃，抽出一大本書，然後坐在學長正對面但又隔一張桌子的位置那，將這一大本書攤開佇立在桌上，這本大書足夠將我整個身子給藏在後面，接著我將手機拿了出來，悄悄的隔著書本將手機慢慢的往上移對焦於翊堯學長的身上。

很好，就是現在。

我輕按了一下手機螢幕，說此時那時快，當我按下手機螢幕的那一瞬間，拍照聲頓時響起。

啊！

按完後我馬上將手機給撤下，躲在書後，雙眼盯著書頁上假裝自己在看書。

心中卻無聲的吶喊著：該死的我忘記調靜音模式了啦！

我能感覺此刻周遭傳來的視線，或許那些目光是停留在我身上，或是他們根本就不知道這聲音是從哪裡發出來的，在這個時刻，我所能做的事情就是裝作什麼事情都沒有發生。

「小學妹。」

頭頂上一陣聲音傳了過來，震得我瞬間頭皮發麻，我緩緩將目光從書上抽離，然後緩緩的看向正站在我面前皮笑肉不笑的翊堯學長。

「學、學長，怎麼這麼巧啊？呵呵呵……」

他微笑的伸出手，「請把手機給我。」

「呃，學長，我沒有偷拍你啊……」我這豈不是不打自招了？

「手機拿出來。」翊堯學長的笑意更加的深，我只好認命的將手機交到他手上，心一邊淌血一邊看著他將照片給刪除。

唉，又失敗了……

「妳真的好拚命啊！小學妹，為了偷拍我，是不是常常跟蹤我呀？」翊堯學長直接拉開我對面的座位坐了下來，看著我的眼神有著嘲笑的意味。

哼，笑屁啊？還不是你害的？硬是要跟我玩這什麼遊戲……

「哼……」我低頭假裝翻了一頁書，目光若有似無的看了一下內容。

翊堯學長的眼睛閃過一絲訝異，然後，勾起了嘴角。

「原來小學妹喜歡看這種書啊……」他故意摸了摸下巴，欠揍的表情讓我好想打他，而我這才發現我拿到一本叫《肉浦團》的奇怪書籍了。

「才沒有，我拿錯了啦！」我急忙將書給拿去櫃子放好，放的時候眼睛順道看到旁邊有幾本同樣也是歸類在中國章回小說的三國演義和水滸傳，那為什麼偏偏就是拿到那本奇怪的書啊!?

我嘟起嘴，鼓起腮幫子走回座位處，見翊堯學長臉上的笑意未減，我瞪了他一眼，丟下一句話，「我要回去了，哼！」

最後那個字我故意加重語氣。

真的慘慘慘啊！

沒拍到照就算了，還偏偏拿到著名的章回體艷情小說，我真想剁了我的右手。

走到圖書館大門，推開玻璃門的時候一陣冷風迎面而來，風強烈到玻璃門幾乎快推不開，我閉上眼睛用力的逆著風推開玻璃門，一隻大手從我頭上掠過，輕鬆的將玻璃門給推開，我反射性的抬頭看，是翊堯學長。

看到他臉上笑瞇瞇的樣子，我蹙眉。

迎面而來的冷風讓我不禁打了聲噴嚏，我拉好圍巾，縮著身子往前走。

「小學妹。」後面的聲音傳來，我裝作沒聽到的繼續往前走。

「愛看《肉蒲團》的小學妹。」我赫然停住腳步，轉過身瞪著他，一字一字的慢慢說：「就跟你說我拿錯本了！學長，你很故意欸！」

「是，不小心拿到《肉蒲團》的小學妹。」他更正，漫不經心的態度讓我真的無話可說，只能乾瞪著眼。

他揚起嘴角，伸出手拉住了我的臂彎，將我往宿舍反方向的地方拉去。

「等等，你要帶我去哪裡？」我任他拉著，看著他那高大的背影，我疑惑的問。

「不會帶妳去看《肉蒲團》就是了。」我說這學長真的很故意欸！

「臭學長！」我大喊著，同時睜大眼睛，將自己的雙眼睜到最極限的瞪著他。

「好啦，開玩笑的別生氣啦！走啦走啦！」他笑了笑，繼續抓住我的臂彎往前面走。

三分鐘後，他把我帶到了學校的便利商店裡，買了一瓶熱奶茶放置在我面前。我無語的看著面前的奶茶，看著翊堯學長邊喝著奶茶邊抿笑著看我。

「還在生氣？」他問，「你們女生怎麼這麼愛生氣啊？」

我沒有說話的在心裡回答他：還不是因為某人……

他收起笑容，歪頭看了我一下，目光像是在觀察什麼，「不會打噴嚏了？」他說。

我微愣，想起剛剛在圖書館門口的那聲噴嚏，難不成翊堯學長是因為我打噴嚏所以帶我來喝熱奶茶的？

我愣愣的看著他，心中突然有種異樣的感覺莫名升起，恍惚著，即使因為寒冷而縮著身子，心口上卻暖了大半。

喝完奶茶後，我和他肩並肩的走出便利商店。

「唔？可以了。」他突然無頭無腦的出聲，我看著他，見他大手上一個暖暖包。

「啊？」我眨眨眼睛。

「來，給妳，趕快回宿舍吧！」他將暖暖包塞進我手中，然後對我揮了揮手，離了開。

我站在原地那看著他的背影，冬天裡一整排光禿禿的樹枝，襯托著他那高大的黑色背影，我看著看著，頓時之間失了神。

手掌不自覺的緊握著手上的暖暖包，暖暖包的暖意從掌中流竄至全身，似乎不再覺得冷了。

★

在放寒假的前兩天傍晚，我們這條直屬線約好要一起聚餐。

看著約定的時間越來越接近，我拿起包包離開宿舍，到達約定的地點後卻沒看到任何人影，我坐在附近的長椅上，看著來來往往的人，目光同時也巡視著學長姊出現了沒。

提前十分鐘來，果然還是太早，我大概也猜到小花學姊一定都會拖到最後一刻才肯現身，翊堯學長跟包子學長應該也是吧。

冬天的夜晚總是來得早，還不到六點的時刻天就已經黑了，我雙手互相摩擦，靜靜的在長椅上等著，等待的同時肚子也咕嚕咕嚕的叫著。

嗚嗚，好餓哦……

「嘿，小學妹。」約莫過了三分鐘左右，翊堯學長出現了。

我抬起頭，看到他雙手豪邁的抆進外套口袋看著我，他一身黑，圍著墨綠色格子的圍巾，深黑的牛仔褲修飾著他的長腿，整個人看起來意氣風發。

我朝他揮了揮手，「嗨，學長。」

他對我笑了下，低頭看了時間，「小學妹，我們來賭一下哪個人會最晚到好不好？」

「不用賭啦……一定是小花學姊。」我說。

翊堯學長聽了大笑幾聲，「這麼不看好她？她是妳學姊欸！」

「她也是你學妹啊！」我說。

聽了他又笑了幾聲。

約莫又等了十分鐘，我和翊堯學長兩人坐在長椅那，小花學姊與包子學長兩人很明顯的就是遲到了。

時不時的有風吹過來，我將整個臉埋在圍巾裡面，將自己包成木乃伊，手也不斷的互相摩擦著。

「看來，我們大四學長的實驗delay了。」翊堯學長邊看著手機，邊吐了口氣。

「包子學長在做實驗？」我問。

「嗯啊！他準備就讀我們學校的研究所，十一月底的時候就推甄了，雖然結果還沒出來，但百分之百一定會上。」他看著我，「妳若想讀研究所的話可以問問他。」

我搖頭，「不會，我不會讀研究所。」

「話講這麼早？搞不好未來會有變數，人生就是這樣的。」

「包子學長帶我參觀過他的實驗室，那麼多儀器設備的，看得我都頭大了，而且還要閱讀一堆文獻，這……我真的無法招架啊……」我努力甩了甩頭，將腦中那實驗室的畫面給甩出腦袋。

翊堯學長看著我，用種奇怪的眼神，「……秋易銘好像要讀研究所。」

我聽了眼睛不禁睜大，「真的嗎？易銘學長要讀研究所？」

他點點頭，卻不知為何低哂，我見他用手指在手機上滑了滑，然後將耳機放在耳朵旁邊，過幾秒他開口了，「黎櫻花，妳在幹麼？我們等很久了欸！」

手機的另一端傳來小花學姊的聲音，講了幾句，翊堯學長闔起了手機，將手機放在外套口袋中。

「她機車拋錨了，跑去跟她男友借車，可能會花點時間，要我們先過去。」翊堯學長眼睛望著我，路燈的光在他眼中點了光，「小學妹，妳要給我載嗎？」

原本是小花學姊說要載我的，但也沒辦法，於是我點了點頭，跟著翊堯學長走到他的機車旁。

翊堯學長從車廂中拿出了一頂安全帽給我，自己戴上安全帽後開始發動引擎，他動作俐落的將手套戴上，一腳跨上機車。

「上車吧。」他看了我一眼，戴上黑色安全帽只露出一雙眼睛的他顯得格外凶煞，我趕緊將安全帽戴上去，然後躡手躡腳的爬上後座。

坐上後座後，我雙手下意識著抓著後面，翊堯學長高瘦的背影就距離我這麼近，尤其是那寬厚的背，讓我看了有點恍神。

「好了嗎？」他微微側過頭。

「好了！」我不禁覺得緊張。

「別太緊張，我是安全駕駛。」

「我才沒有緊張。」我將頭罩蓋上，雙手抓著後面，同時翊堯學長輕輕的推動油門，我們就出發了。

即使戴上了全罩式的安全帽，但呼嘯而過的風聲還是可以聽得到，我那原本抓著後面的雙手漸漸的放置到大腿上，因為冷風的關係變得麻木不仁，整個沒有知覺。

車緩緩的駛入一家火鍋店的前面，當翊堯學長停好車的時候，我也從後座跳了下來。

我緊握著手放入外套口袋中，想要藉此溫暖一下我的手掌。

「進去吧。」翊堯學長撥了撥他的頭髮，領著我走進這家火鍋店。

冬天果然適合吃火鍋，因為已經餓過頭，所以我和翊堯學長就先點了，熱呼呼的蒸氣不斷的冒出來，我將雙手攤開放在鍋子附近取暖。

大約開動了十分鐘，包子學長和小花學長才趕了過來。

就這樣，拖了將近一學期的直屬聚就此開始，我們邊享用著火鍋邊聊著天，內容不外乎就是這學期中發生的事情，還有一些教授上課發生的有趣事。

兩個小時後用餐結束，結束的回程我一樣是由翊堯學長載回學校，

互相道別後，我跟著翊堯學長走到他機車停放的位置，接過了他給的安全帽。

機車緩緩啟動，陣陣引擎聲傳了出來。

「小學妹，妳是不是會冷？」才騎了一下子，在路口處等待紅綠燈的時候，翊堯學長微微轉過身問。

我感到有點驚訝，揮了揮手，「沒有。」

「真的沒有？」

「呃……是還好啦。」

接著，他不說話了，突然把手往後折，伸到我的面前，「手給我。」

「啊？」

「快點，快綠燈了。」他催促著，雖然不知道他到底是要做什麼，但我還是乖乖的將手伸出來。

右手被他戴著手套的大手輕握住，然後他將我的右手塞進了他的外套口袋中，見狀，我腦中突然整個停止轉動，在我無法思考的那幾秒，他也將我的左手放進了他的左邊口袋。

「勉強一下吧，不然看妳縮成那樣。」

我整個身子僵住，機車開始發動了，從旁人的角度來看我好像從翊堯學長身後抱著他，實際上我卻因為翊堯學長這無心的行為而感到有點不知所措，那藏在他口袋中的雙手是沒有那麼冷了，但卻麻木了。

此時外頭所有的喧囂好像離我而去，我耳朵只能聽到自己的心跳聲。

★

大約二十分鐘的車程就到了學校附近的小門，從小門走回宿舍的時間大約十分鐘左右，翊堯學長停好了車，便和我一起往宿舍的方向走去。

從剛剛到現在我就覺得有點尷尬，雙手莫名的無力，就算我緊握起拳頭也都沒有任何的感受，感覺神經彷彿斷了傳遞訊息。

「小學妹，睡著囉？怎麼這麼安靜？」在我旁邊的翊堯學長說，見他那始終如一的態度，我才告訴自己別想太多。

人家學長只是因為我冷，才這樣子對我的。

更何況，我喜歡的人是易銘學長啊啊！

我重重吐了一口氣，拉好圍巾，不語的瞪了他一眼。

「妳要不要陪學長逛逛校園？剛剛吃這麼多，走路消化一下。」他對我提出邀請。

「……好。」

於是，我們腳步放慢，緩慢的走在校園中。

夜裡的校園格外有氛圍，路燈散發出的黃暈像層薄紗般籠罩著我的目光，讓我的視線有點朦朧又有點清晰，我深呼吸，隱藏著眼底的浮躁，裝作若無其事的走在翊堯學長的身邊。

起先我們都沉默著，誰也沒開口說話，大約走了十公尺左右時，翊堯學長突然開口。

「問妳一件事情，小學妹。」

「什麼事？」

「我觀察到的一件事。」他突然對我笑了一下。

我納悶，「什麼事？」

他停下腳步，我也跟著停下了腳步，他微微側著身，嘴角微微翹起，「妳是不是喜歡秋易銘？」

瞬間，我瞠眼，反應過來後卻也因為緊張而導致聲音顫抖，「你……我……我、我哪、哪有。」

那藏在內心深處沒有人知道的祕密，就連我身邊朋友也沒有人知道的祕密，突然就這樣被他給挖掘出來，我不自在的別過臉，心跳卻失控的越跳越快。

口中否認了，但卻遲疑了一、兩秒。

在這種情形下，謊言一下子就被拆穿了。

我咬著下唇，轉回頭望著翊堯學長，他凝視著我，嘴角的弧度比剛剛還要高一些，在見到他笑臉的同時，我又迅速別開了臉。

「妳真的喜歡秋易銘？」他又問了一次，我瞬間秒回：「我沒有。」

他輕笑了一聲，「妳就承認自己喜歡他啊。」

我對上他那雙眼睛，「學長，你到底要幹麼？」

他聳聳肩，「我沒有要幹麼。」

我瞪著他。

「別瞪我，好嗎？妳放心，我不會跟他說的，那是妳的事，我可沒這麼無聊。」

我依然瞪著他，上齒咬著下唇越咬越用力。

「但是……」他頓了一下，「嗯……小學妹，我覺得妳應該失戀了。」

「妳不要詛咒我！」我不禁大聲的說，我連告白都還沒告白，他又怎麼會知道我失戀!?

「我不是詛咒妳，是……」他又停止，然後問：「好，那妳有打算要跟他告白嗎？」

「關你什麼事？」我有點生氣。

「好、好，妳不要生氣，今天是學長太白目了，就當作什麼都沒發生，我完全不知道妳喜歡秋易銘。」他邊說邊輕拍著他的嘴巴，「我不知道，我不知道，我失憶了，我失憶了。」

我瞪著他，怎麼可能裝作什麼事情都沒有發生啊!?

那從來就沒有跟別人說過的祕密，為什麼輕而易舉的就被他給掀開了，那樣的直接又迅速，真的讓人無法招架也反應不過來……

「妳放心，我真的不會講出去。」他說。

我一臉不信的望著他。

第六章　他和她

因為那天的事情，我整個寒假都在擔心著翊堯學長會不會洩漏我的祕密，害我沒有好好的享用到美好的假期，就這樣提心吊膽的過完這一整個寒假。

寒假結束回到學校，空氣中的寒冷依舊在，當我和蔓婷註完冊後正準備要離開時，遇見了易銘學長，我們三個人在系學會辦公室聊著天，聊到一半門突然被人從外面開啟，翊堯學長一臉著急地衝了進來，快速的走到辦公桌那後，又快速的離開。

我愣愣的望著那扇門，翊堯學長看起來好像很忙。

看著易銘學長的態度跟以前一樣，心裡想著翊堯學長應該是沒有跟他提什麼，我暗自鬆了一口氣。

但我還是決定這幾天有空的時候去問問他，確認他是否真的沒有告訴別人我喜歡易銘學長的事。

雖然覺得翊堯學長他不會是那樣子的人，但我就是想聽到他的保證才安心……

★

又過了兩週，在某天的下午時刻，我看見翊堯學長一個人坐在楓林大道上的長椅上，天氣逐漸變暖，春天即將來臨，但偶爾還是會颳起冷風。

他穿著黑色外套，在長椅上翻著書，如以往般的，周圍只要有人經過都會多看他幾眼。

「學長——」我看到他便向他跑了過去。

他挑眉，納悶的看著我，見我微微喘氣，嘴角輕輕勾起，「小學妹，這麼想我啊？迫不及待想見到我所以用跑的嗎？」

我瞬間動作定格無語的看著他，真想頒發個自戀狂的獎項給他。

然後瞬間也懊惱著自己剛剛不應該喊他的，因為李逸光的照片還沒有拍到，如果剛剛沒有叫翊堯學長，或許我早就可以交差了事了。

哎呀！李佑盈笨蛋！我不自覺敲打了自己的腦袋。

「小學妹，妳特地來找我就是為了要敲腦袋給學長我看的嗎？」

我放下手，冷冷的說：「才不是咧！」

「不然？」他攤開手，表情像是在問：不然找我幹麼？

「就……」我看著翊堯學長，發現他又跑去染頭髮了，先前新長出來的黑色髮根都被染成了紅褐色。

「就？」

我向他靠進一步，「學長，你……就是寒假前直屬聚結束的那一天，我跟學長你不是有逛校園嗎？你……」我欲言又止，不知道該怎麼說才能表達出我心中的疑問。

「我？那天有發生什麼事嗎？」

「就是……那個……我被你發現說我……」我被你發現說我喜歡易銘學長，明明很簡單的一句話，但我卻開不了口。

我身上的勇氣還沒有到達滿分的地步，怎麼能輕易的跟別人說我喜歡的人是誰誰誰，就是因為這種懦弱，所以到現在我根本就還不敢跟易銘學長告白。

「妳被我發現說妳……？」我不知道翊堯學長是不是故意的，他此刻的神情真的充滿著疑問，好像真的不知道我在說什麼。

「就是……就……呃……學長，你應該知道我指的是什麼事吧？」

「什麼啊？」他整個納悶，「妳又沒說我怎麼知道妳是指什麼？」

「就是……」我嘆了一口氣，「你說你發現我嗯喔嗚嗚囉囉……」故意含糊講了幾個聽不懂的文字。

他動作停格，愣了一下，然後淺笑。

看著他的笑容，我直接坐在他旁邊，坐下的同時我也開口，「你知道我指的是什麼事。」

「嗯，我知道。」他翻著書，也不知道是不是真的有在讀還是只是做一下動作，然後他從口袋裡拿出一張百元鈔塞給我。

「學長？」我愣愣的接過錢。

「那天的事我失憶了。」他頭也不抬，伸出修長的食指指著鈔票，「一樣。」

「奶茶？」我問。

「嗯。」

接下翊堯學長的口諭，我小跑步的跑到便利商店，五分鐘後拎著兩罐熱奶茶出現在他面前。

「學長，謝謝你。」我將一百元鈔票還給他，「這奶茶就讓我請客。」

「啊?謝我什麼？」他只接過了奶茶，沒有接過那張鈔票。

「就……謝謝你選擇失憶。」我又將那一百元往他身上塞。

他輕笑一聲，抽回那一百元，又說了一次，「就說了，我什麼都不知道。」

「嗯。」我笑了開，坐到他身邊，卻突然想到什麼事情的轉身問他，「學長，為什麼你那天會說我失戀了？是表示我沒有機會嗎？」

翊堯學長喝了一口奶茶，頗有意味的笑容看著我，卻沒有回答我的問題。

「學長？」

「小學妹，學長失憶了，不知道妳在說什麼。」

我頓時無語，沒有想到他會用這招，不過這也讓我放心，很確定他並不會將我的祕密給說出去。

在楓林大道的長椅上，翊堯學長邊喝著奶茶邊翻著他手上的書，我則百般無聊的看著校園每個角落，我們之間並沒有談話，只是靜靜的坐著，直到將奶茶喝完後，我看著翊堯學長手指捏著空罐子，眼神專注的停留在那本書上。

到底是在看什麼這麼認真啊？

我彎下腰，卻礙於角度的問題看不到書名，於是我離開長椅，直接蹲在翊堯學長的面前看著書名。

「妳在……幹麼？」他移開了書，一臉納悶望著我。

「我……我只是很好奇學長在看什麼書……」對上他眼睛的同時我邊說邊往後挪了一步，接著卻因為重心不穩一屁股坐在地上。

他動作緩慢的闔上書，對我伸出手，示意要我將手交給他。

當手交到他手中的時候，他站了起身，使勁一拉，將我拉離了地上。

「謝……謝謝。」翊堯學長的手掌很大，大到可以將我整隻小手牢牢的覆蓋住，強而有力的力量卻又不失溫柔，從他掌心不斷的傳來溫熱的感覺，讓我手在離開他手的時候，竟然好像有想抓住什麼卻又抓不住的感覺。

他給予的溫暖一一的流失，卻也好像牽動了我的每一條神經，手掌處的敏感度頓時被放大。

對於這異常的反應我愣了愣，眨了眨眼，當回神的時候卻也接受到他的一記彈指神功。

我摸了摸額頭，不敢置信的看著他。

他，彈我額頭？

「小學妹，關於妳剛剛問我的那個問題，恕我無法回答。」

啊？

「讓我先暫時恢復記憶一下。」他說，我才明瞭他指的是什麼，「妳喜歡秋易銘，那是妳的事情，妳要不要跟他告白，那也是妳的事情，而他要不要跟妳在一起，那是他的事情，所以妳不要來問我說妳有沒有機會這種話，我不是秋易銘，我無法代替他回答妳。」

我愣愣的看著他。

他抿笑，「我能做的事情，就是繼續選擇失憶。」說完後他坐回長椅上，繼續翻著書，我則傻住了，過好幾秒後才回過神。

翊堯學長說的沒有錯，他是無法代替易銘學長給我什麼答案的，可是不知道為什麼，在剛剛翊堯學長講完那一大串的話後，我竟然覺得有一股失落的感覺，好空，好虛無，又好奇怪。

「學長。」我望著手上的空罐子緩緩開口，「我從國小到現在，喜歡過三個人，但是這三個人我都選擇默默的喜歡，因為我怕告白之後連朋友也當不成，彼此見面會覺得尷尬，所以我沒有那種勇氣告白，我覺得掉入愛情裡的人都像這樣子，明明很喜歡對方，但又怕對方不喜歡自己，怕告白後對方會遠離自己……」講到這我嘆了口氣，翊堯學長沒有任何動作也沒有任何回應，但我就是知道他有在聽我說話。

於是我繼續說：「其實我也不知道我為什麼會喜歡易銘學長，喜歡一個人的感覺很奇妙，總是會希望對方的視線能夠停留在自己身上的時間多一點，能跟自己聊天的次數也變得多一點，這樣一日一日的過去，更希望對方的心中能有個位置是留給自己的……」講到這我淺笑，「好像每次只要跟易銘學長一有接觸，我的勇氣就多了一點點，懦弱就少了一點點，我希望我身上的勇氣會越來越多，多到……我能夠親口跟他說我喜歡他，我從來沒有跟人告白過，很希望……人生第一次的告白是獻給易銘學長，即使被拒絕了也沒關係，至少……能有個回憶。」

說完我深呼吸，然後目光看向翊堯學長，他的拇指與食指摩擦了書的內頁，接著翻一頁。

「學長？」他對於我的長篇大論都沒有什麼感想嗎？好歹對我說一聲加油嘛！話說我也覺得自己很奇怪，幹麼跟他說這些事情啊？

「啊？」翊堯學長看向我，表情卻疑惑。

「學長……你沒有什麼話要說嗎？」

「妳要我說什麼？剛剛恢復記憶的時候我說過了，那是妳的事情。」

我不禁鼓起腮幫子，「學長，我是你學妹欸！你好歹也對我說聲加油吧。」

「我才不要，無聊。」

「……」無、無聊？

本以為我會從他口中聽到什麼鼓勵的話，卻完全沒有，還被潑了冷水。

過了幾秒後他依舊慢條斯理、老神在在的看著他的書，彷彿剛剛什麼事情都沒有發生，我輕嘆了一口氣，默默的將他和我的空罐子拿去舊教室那邊清洗，清洗完後走回長椅那邊，卻看到他站起身來。

「我去圖書館還書了。」說的時候還揮了揮手，就好像在趕狗一樣。

我不悅的看著他那離我越來越遠的背影，哼了聲，往宿舍的方向走去。

★

真的是只要一想到那天在楓林大道上的事情，我就莫名的生氣，雖然那些心裡話是我自己要開口說給翊堯學長聽的，但他的態度未免也太惡劣了吧？

我用力的拍打著麵團，使勁的打、捏、捧、揉。

「盈盈，今天很賣力哦！」小花學姊走到我旁邊對我笑了笑，「今天做的還是要給阿堯嗎？還是——」她靠我更近了，「要送給喜歡的人呀？」

我停下動作，目光緩緩的從麵團上移到小花學姊的笑容，然後用力給了麵團一拳！

「哇？火氣很大哦……有人惹妳生氣了？」

「沒有。」我否認。

「所以……過了一個學期了，妳有喜歡的人了嗎？」

我不語，小花學姊卻當我在默認。

「對方是誰啊？可以透漏給我知道嗎？」

我搖搖頭。

「這麼神祕？那我也不勉強妳說了，只是……妳周遭的朋友知道妳喜歡那個人嗎？」

我想了想，然後搖搖頭，蔓婷她們並不知道我喜歡易銘學長，唯一知道的翊堯學長，他『失憶』了。

想到他，我又用力給了麵團一拳，扎實的拳頭打在麵團身上，就當作是打在翊堯學長的身上，看著旁邊的辣椒粉，我凝視了一陣子，問小花學姊：「學姊，有多的材料可以讓我拿去做別的口味的餅乾嗎？」

「有啊！」她問：「妳要做什麼口味的餅乾啊？」

我邪惡的笑容浮現，「辣椒口味。」

「辣椒？有人得罪妳嗎？」

我笑了笑，沒有回答她，使勁的揑揉著麵團，在烘烤餅乾的閒餘時間傳簡訊給翊堯學長，問他稍晚會不會待在系學會辦公室裡，當收到他回答『會。』的簡訊，我不禁笑了開。

兩個多小時後，我拎著一小袋『黑暗料理』，來到了系學會辦公室門口，先在門外敲了敲，裡面卻沒有人回應。

我悄悄的轉開門，發現竟然沒有鎖門，輕輕的推開門後發現翊堯學長睡在沙發上，室內響起的是他均勻的呼吸聲，我輕輕的將門關上後，確認裡面沒有任何人，便慢慢的靠近翊堯學長，坐在他旁邊的那個單人沙發上。

「學長。」第一聲，他沒有反應。

提高了一些音量，我又叫了一聲，他依然在睡覺。

瞥了他一眼，我突然想到李逸光交代的照片，便拿起手機，經過前面幾次的教訓我也沒有忘記調成靜音模式，調好靜音模式後我開始拍。

第一張，翊堯學長依舊在睡覺。

我在手機螢幕上快速的按了十下後，滿意的收了起來，這下總算對李逸光有個交代了。

將手機收好後，我又叫了翊堯學長，「學長。」

刻意的把音量給提高，卻發現他叫不醒。

我一手托著下巴，靜靜的看著他那張睡得安詳的臉龐，看著看著，不知不覺的，我也不禁打了聲哈欠。

「學長，你起來吧！我特地帶黑暗料理界中最最最黑暗的餅乾來給你吃欸！」我邊說邊戳了戳他的臉，他的臉意外的柔軟彈性，如此的觸感又讓我不禁繼續戳著。

沒想到竟然有男生的皮膚可以這麼柔軟，戳了幾下後，我捏了捏，原本是輕捏，最後我越捏越大力，就像下午在捏麵團一樣。

翊堯學長動了，他舉起手將我的手給拍掉，換了個姿勢繼續睡。

我看著他，開始覺得無奈，於是便拿了一張便條紙在上面寫了幾行字，然後將字條與那袋黑暗餅乾放在矮桌上。

本來想親眼看一下他吃黑暗餅乾時的表情，現在似乎看不到了，我再度看了一眼他的睡臉，最後離開了。

★

清脆的聲音叮了一聲，電梯門緩緩開啟，開啟的那一瞬間正巧看到易銘學長。

「嗨，學長。」我開心的對著他揮了揮手。

「盈盈？這麼晚妳來上課嗎？」

「不是啦！我剛剛找翊堯學長，來送餅乾給他吃。」

他那在鏡框後的眼睛一亮，一臉奇怪的表情，「妳跟小花一樣都拿阿堯來實驗嗎？」

「呃……」實在不想承認，但又不能否認這個事實。

「呵呵，被我說中了，對吧？」他對我眨了一下眼睛。

「呃……」我心中無聲的吶喊著：會拿別人來做實驗也是因為你啊……

「吃飯了嗎？」

我搖頭。

「我正巧要找阿堯一起吃飯，妳要不要跟學長一起去學餐？」

我眨眨眼睛，心中又無聲的吶喊著：學長，我可以跟你單獨一起去嗎？

「但翊堯學長在裡面睡覺，我剛剛叫他都叫不醒。」我說，心中無聲的接下話來：所以，我們兩人去就好了，好嗎？

「我去叫看看。」沒想到易銘學長卻挺有義氣的，於是，我跟著易銘學長又走回了系學會辦公室。

「阿堯，起來了。」易銘學長上前搖了搖翊堯學長，而翊堯學長被他這麼一叫總算醒了。

他那迷濛的雙眼又看了看站在我附近的易銘學長，然後緩緩的起身，「……現在幾點？」

「七點半。」易銘學長回答。

「嗯……」翊堯學長含糊的回應了一聲，然後看向我，表情納悶，似乎疑惑為什麼我會在這裡，

「小學妹，妳應該沒偷襲我吧？」

當下的我以為他指的是拍照，連忙搖頭用力的否認，「我才沒有！」

「否認的這麼大聲……」他的表情充滿著不相信，「不然我的臉怎麼這麼痛？」

我睜大眼睛，原來他指的偷襲是指偷捏他的臉。

我是可以坦承剛剛有偷捏他，但卻不想在易銘學長面前承認，於是我裝死。

「學長，你應該是剛剛睡覺的時候不小心壓到臉吧？」

「是嗎？」他摸了摸臉頰。

「有可能哦！」為了讓他相信，我繼續胡扯。

他還是一臉不信，發現到一旁的餅乾，他納悶問：「妳給的？」

我點點頭，「對啊！學妹精心特製黑暗餅乾，學長，要吃光哦。」說完後我看到他一臉無語的表情。

哼，誰叫你潑我冷水？

★

用完餐，我們三人離開學餐。

兩位大男生的腳特別長，他們的兩步距離相當於是我的三步距離，我很努力的加快腳步走在他們後面，雙眼直盯著他們兩人的背影。

校園中每一小段路就有路燈佇立著，將我們的影子一下拉長一下縮短，我將視線從他們的背影緩緩的移到他們的影子，邊想像著當我和易銘學長兩人單獨走在一起時的影子，即使因為身高而有些差距，但少部分影子交疊在一起的感覺卻讓我覺得確幸。

「盈盈？」發覺我沒有跟上腳步的易銘學長停下腳步轉過身來看我，我裝作若無其事的加快腳步走到他們身後，他看著我問：「是我們走太快了嗎？」

「不是我們走太快，是她腳太短。」翊堯學長絲毫不給我情面的如此說道。

我無語的瞪了他一眼。

又一起走了一小段路，翊堯學長說要回系學會辦公室拿東西，說完的同時他也快閃而去，只剩下我和易銘學長兩個人。

這……？現在這種情形我可以當作是翊堯學長故意要湊合我們，讓我們單獨在一起的嗎？好吧，那我就不記恨他說我腿短了，嘿嘿。

我隱瞞起內心的激動，往易銘學長的方向跳了兩步。

「盈盈，那我們一起回宿舍吧。」易銘學長對我微笑。

「嗯。」

我安靜的走在易銘學長的身邊，每走一步心臟跳動的速率就加快了一點，過幾秒後我不禁開始緊張到耳鳴，耳朵嗡嗡作響著，我揉揉自己的耳朵，過了一陣子終於可以聽到外界的聲音。

「盈盈，進宿舍吧。」走到男宿與女宿中間，他笑笑著指了指女宿的方向。

「好，學長，再見。」我對他揮揮手，走沒幾步後，我轉身望著他的背影。

易銘學長的身影往男生宿舍的方向走去，我就這樣呆呆的凝視著他的背影，直到他的背影消失在男生宿舍後我才回過神。

★

三月中旬，一年一度的運動大會即將展開。

因為籌備著運動會的節目，我們班只要一有空就會去地下室製作道具，而有參加比賽的人更是每天晚上都會去操場那報到練習。

雖然我沒有參加任何的比賽項目，但卻在製作道具上面花了好大一番的功夫，好不容易在前兩天將所有的道具趕製完畢，我和班上同學將道具放好，坐在地板上休息聊天。

「聽說，易銘學長參加了跳高比賽，還有四千公尺。」

「我們班的李逸光也有參加跳高呢！」

製作道具的人大多數都是女生，她們紛紛討論著系上同學或是學長所參加的比賽項目。

「盈盈，翊堯學長不是妳直屬嗎？」不知道聊到什麼，她們將矛頭轉向我。

「是，是啊……」

「你們是不是很要好啊？我常常看到妳去系學會辦公室找他。」

「也……還好啦，因為我是烹飪社的社員嘛！有時候做出的料理會拿去給翊堯學長吃。」此話一講完，她們紛紛睜大眼睛，露出一臉羨慕的表情。

我被眼前這閃閃發光似的眼神給弄得迷惑。

「很難得大一直屬能跟大三直屬要好呢！我的大三直屬到現在跟我說話的次數不到五次。」

「我到現在根本就沒看過我的大三直屬，連他是男的還是女的都不曉得。」

「盈盈，妳大三直屬對妳好不好啊？」

「呃……」我表情變得有點猶豫，「算還ＯＫ吧，但有時候講話超惡毒的，上次就直接笑我腿短。」

她們聽了笑了笑，「你們感情好到可以互相鬥嘴啊？」
我想了一下，「可能是因為我大二直屬的關係吧！小花學姊在人際關係上蠻會牽線的，我也是因為她的關係所以才跟翊堯學長比較熟。」
我說完後，她們又是一臉羨慕的表情。
「對了對了，易銘學長有參加游泳比賽欸！我們到時候可以一起去看哦！」
「好啊！那我們就一起去看，可以看到易銘學長裸著上半身欸……」
「我好想成為那個賽後幫易銘學長遞上毛巾的人哦……說不定可以趁機摸一把，哈哈哈哈。」
坐在我身邊的蔓婷突然嘆了一口氣，我望向她，她一臉無奈的望著手機。
「蔓婷，妳怎麼了？」我問。
她抬起頭，勉強笑了一下，然後將手機給收在口袋中，「沒有啦。」
我看著她，感覺她最近好像有些煩惱，時不時的就嘆氣，但問了她她卻說沒事。
「蔓婷，妳最後……有參加比賽嗎？」
她輕輕吐了一口氣，「有，就大隊接力，而且還是最後一棒……」她的臉垂了下來，「我壓力好大。」
「好好加油哦！」我說：「我會在終點線那邊等著妳。」
她凝視著我，「如果我沒有記錯，妳學長也是接力的最後一棒，八百接力跟大隊接力都有。」
我眨眨眼睛，「我學長？」
「對對對，我有看到比賽名單！」有個人聽到我跟蔓婷的對話插了進來，「妳學長是最後一棒沒有錯。」

「嗯……」我一點也沒有興趣翊堯學長會參加什麼比賽，反倒比較好奇易銘學長的比賽項目有什麼。

系學會辦公室外面的公告欄上面會貼著系上參加比賽的名單及項目，我思索著，想到明天下午在工學院好像有堂課，我可以趁下課的時候去瞄一眼。

不知道易銘學長參加什麼比賽呢？

隔天下午，我假裝無聊的在工學走廊那邊晃晃，然後腳步不小心晃到了系學會辦公室外面的公告欄，我湊了過去，睜大眼睛尋找著易銘學長的名字。

游泳自由式比賽一百公尺、四千公尺、跳高比賽……

我眼睛快速的瞄過，努力的將這些比賽項目記在腦中。

這時，系學會辦公室門打開，有個紅褐色的身影往我這靠了過來，轉身一看我不自覺往後退了一步！

「學、學、學長下午好啊！」我嚇到，生硬的跟翊堯學長打聲招呼。

翊堯學長微微蹙眉，「妳那什麼表情？」

「沒、沒有什麼表情啊，呵呵呵……」

他無言的看了我一秒，然後看向公告欄，拿起筆在手掌心上面寫字。

我湊了過去，看到他寫在手掌心上面的是比賽項目。

「學長，接力比賽通常都把跑最快的人擺放在第一棒跟最後一棒，你是最後一棒，表示你跑步跑很快囉？」我問。

「怎麼？妳懷疑？」他臉不紅氣不喘的講出這句話，同時嘴角還勾了一下，讓我頓時之間不知道該怎麼接話。

「我……我怎麼敢懷疑學長？嘻嘻……」

他嘴角微翹，「小學妹，我跑八百接力的時候妳會來看嗎？」

「會啊！學長的比賽，我怎麼會缺席呢？」

他挑眉，「那，妳幫我買瓶溫奶茶，然後在終點線那邊等我。」

「啊？」我愣住，「學長，運動完不是要喝運動飲料或是水嗎？你要喝溫奶茶？這……好像有點怪怪的欸，對胃會不好吧？」

他沉下臉，「要妳管。」

我瞬間閉氣，雙手互相摩擦，下一秒微笑著說：「是是是，學妹我會買瓶學長你最愛喝的溫奶茶，然後站在終點線那等你的，絕對會親手將奶茶交到你手上的。」

他看著我，輕笑了一聲，「小學妹，妳真的好有趣，這可是妳說的哦？」

只是，我萬萬沒有想到翊堯學長的八百接力會跟易銘學長的游泳比賽同一個時間舉行，默記的時候我只專注於比賽項目而忘記記時間，因為想說比賽的時候都會有人前來通知說：參加〇〇〇比賽項目的人集合囉！

殘念，真的是殘念！

我想了一下解決方式，如果我先跑去體育館裡看易銘學長的比賽，然後再跑回操場那邊看翊堯學長……這樣子的話，從體育館到操場的這段路加起來少說也要花上三分鐘的時間，根本就來不及，只能捨去其中一樣。

我很想看易銘學長的游泳比賽，但我卻偏偏答應了翊堯學長要送溫奶茶給他。

這……這該怎麼抉擇啊？

能看到易銘學長游泳是千載難逢的機會欸！平時根本就無法看得到！

但，我又答應了翊堯學長，那該怎麼辦啊？

我想了想，最後逼不得已的情況下我選擇了易銘學長。

溫奶茶誰都可以送嘛！我找崇拜翊堯學長的李逸光來幫我送好了，他應該很樂意才對。

★

幾天後，連續兩天的大運動會熱烈展開。

操場上，學校規劃每一個系所都有個休息區，拿著道具繞完操場並進場後，我們將那些道具放置在休息區後面的廣場，然後乖乖的坐在休息區上。

休息區坐的大多數都是一年級，和旁邊少數幾位二、三年級的人，學長學姊炒熱著氣氛，有時拿著麥克風講著笑話，有時精神喊話，要我們為參加比賽的選手加油。

大多數的時間都要坐在休息區上面，因為學長時不時的就會實行點名，我在被點完名之後立即去買了一瓶熱奶茶，然後寫了一張字條貼在上面，交給李逸光。

「妳……妳真的要把這機會讓給我啊？」他笑到眼睛都瞇了起來。

「你不是很崇拜他嗎？那就給你送。」我平靜的說。

「太好了，李佑盈，妳真夠朋友。」

「呵呵……那張字條要記得附上去哦。」我提醒。

「嗯，知道啦！」

我看著休息區旁邊的一張大海報，上頭寫的是我們系上參加比賽的項目以及參賽者的名字。

凝視著那兩個相撞在一起的時間，我抿著嘴。

翊堯學長，對不起了，原諒我講話不算話，我……我真的逼不得已這樣做啊……

雖然講好要去看翊堯學長的比賽，但我心中更想看的那場比賽是那個人的。

那個人，是我喜歡的人，是我從上學期開學沒多久就喜歡上的人。

隨著時間越來越接近，學長說可以去體育館看參加游泳比賽的選手，為他們加油打氣。

我睜大眼睛，隨即從座位上起身，在經過李逸光的位置時，我再次提醒他，「你要注意一下時間哦！」

「我知道。」他再度應允了一聲。

一進到體育館中，我們往游泳池的方向走去，但因為池水旁只能站參賽者，所以我們這些加油團只能往二樓移動，以由上向下看的形式來觀望著游泳比賽，這也是個視野不錯的觀眾席。

「我看到易銘學長了！」

「在哪在哪？」

「系上的學長都在那邊！」

來體育館的女生有一半都是為了看易銘學長，我順著其中一名女生指的方向望過去，果真看到皮膚白皙的易銘學長，他裸著的上半身遮蓋了一條大毛巾，此時的他正在和其他參賽者聊天。

那毛巾的縫隙望過去，可以隱隱約約的看到他的身材曲線，他的身材比較纖細，雖然沒有多餘的垮肉，但也沒有任何的肌肉。

我突然想到上學期在宿舍裡偷偷拿著望遠鏡往男宿方向偷窺的情形。

唉！這時候應該把那塵封已久的望遠鏡拿過來才對啊！

是不是？這樣一來所有的比賽情形就可以看得很清楚了！

我懊悔了一下，此時，游泳池底下吹起了一聲哨聲，所有的選手往集合處走去。

我的目光一直追著易銘學長，當他將身上的毛巾遞給一名女生的同時，我愣了一下。

……蔓婷？

蔓婷身上穿了一件黑色外套，綁了一個馬尾。

我看到易銘學長不知道跟蔓婷講了什麼話，蔓婷一把搶去他給的毛巾，兇巴巴的瞪了他一眼，即使被瞪，易銘學長臉上卻笑笑的，他又對蔓婷講了一些話，蔓婷依舊瞪著他，然後退到旁邊。

看到這種場景，我不禁覺得納悶，納悶著蔓婷怎麼會出現在那裡。

在選手們比賽的期間，其餘的選手開始做暖身運動，現在比賽的好像是系上的某位學長，其他人為那位學長加油著，我的目光卻一直停留在易銘學長身上。

他做操、他喝水、他聊天，所有的一舉一動都被我看在眼底。

接著，換他開始比賽了，當哨聲響起的同時，每位選手紛紛跳入水中開始游泳，看著水中那領先其他選手的身姿，不用說也知道他一定穩拿第一。

當易銘學長游到岸邊之時，蔓婷也遞上了毛巾，他接過毛巾擦拭著身體，對蔓婷展開一個笑容。

我看著那個笑容，頓時之間，周遭那吵雜的加油聲與歡呼聲瞬間消失，我的世界只剩下安靜，以及不遠之處那兩個人的身影。

★

我從來沒有看過易銘學長那樣子笑，那樣溫柔如水又深情的微笑，一看到那笑容的同時，我的思緒停止了。

過了幾秒後，周遭世界轟轟作響，加油聲與歡呼聲又重新傳進我的耳朵裡，我一個人默默的離開體育館，往休息區的方向走過去。

現在仔細想想，只要我和蔓婷同時出現在易銘學長的眼前，他就一定會先看著蔓婷，一定會先跟蔓婷說話。

原來，易銘學長喜歡的人是蔓婷。

他至始至終，眼睛都只有蔓婷一個人。

當意識到這事實的同時，我心中覺得失落，整個心像是掉到深谷底一樣的冰冷，身上的力氣頓時被人給抽光一樣，每一小步，我就得花費好大一番功夫才能踏出去。

不知道走了多久，我硬生生的撞上一個東西，睜眼倒退一看，發覺是翊堯學長。

「學長？」我摀著額頭，他手上正拿著一瓶奶茶，面無表情的看著我，「學長，你……你跑完了？」

他蹙起眉，拿著一張字條晃到我的面前，我定眼一看，發覺那是我剛剛交給李逸光的字條。

『翊堯學長，我是小學妹。

很抱歉因為去看別人的比賽而無法親手拿給你，但我還是有託別人送上學長最愛喝的奶茶哦！啾咪！』

「答應說要來看我比賽的小學妹，請問一下，妳怎麼說話不算話了？」他晃了晃手中那瓶奶茶，一個可怕的微笑浮現。

「我……我去看別人比賽了。」我據實以報。

他挑眉，「秋易銘嗎？」

「嗯……」點頭的時候我垂下臉。

翊堯學長瞥了我一眼，說：「他應該贏了吧？妳幹麼垂頭喪氣？」

「學長是贏了沒錯……我……我沒有垂頭喪氣啊！」

翊堯學長沉默了一下，深邃的眼神直盯著我，對上那雙眼的同時我的心臟一縮，感覺他好像發現了什麼事。接著，他將奶茶給打開，拿到了我面前。

「啊？」我一愣。

「還啊？拿好！」

他的話有如命令一樣，我乖乖的接著，他卻擦肩而過往我剛剛來的方向走過去。

「學長，這奶茶是……？」我望著他的背影，他連頭也不回的說：「給失戀的小學妹。」

我傻愣在原地，看著他那離去的背影，心中接受到一件事實，原來……原來翊堯學長早就知道了？

所以，他是故意叫我去看他比賽好讓我不要看到易銘學長跟蔓婷兩人在一起的畫面嗎？意識到這些的同時，我的雙頰熱了起來，全身頓時呈現麻木狀態。

是這樣嗎？還是我自己想太多了？

翊堯學長……會為了我而做這樣的事嗎？

我恍神的走回休息區，李逸光看到我出現的同時跑來我身邊跟我聊天，但我依舊失神，他講了什麼話我也沒聽進去，低頭凝視著奶茶，上頭的溫度早已放涼，我緊緊的握住這瓶奶茶，心情複雜。

不久，蔓婷也出現在休息區，她重重的吐了一口氣，看起來有點煩惱。

「蔓婷，妳……怎麼了？還好嗎？」

「不怎麼好，都是——」她欲言又止。

「蔓婷，妳剛剛怎麼會出現在游泳池那邊啊？」我試探著。

「原本的經理有事情，所以叫我過去幫忙。」她將綁好馬尾的頭髮放下，然後以手代替梳子梳了幾下。

「怎麼會找妳？」

「因為……因為學長推薦我。」她神情哀怨。

我愣愣的看著她，她也回看著我，然後突然睜眼，「不對啊！妳不是應該去看妳學長跑接力的嗎？那怎麼會在體育館內看比賽？」

「呃……」我吞吞吐吐，「因為一些事情，所以我人就在體育館裡面看比賽了。」

她眨了眨眼睛，臉上顯現的納悶並沒有因為我的回答而消失，但她也沒有繼續追問。

我暗自鬆了一口氣，看著她，羨慕她能被易銘學長喜歡著……

★

兩天的運動會結束，隔天為補假日，我們因為太累而窩在宿舍睡到自然醒。

而隨著運動會的結束，我那單思戀的戀情也註定要結束。

結果連跟對方親口告白的機會都沒有，唉……

結果連親手送上手工餅乾給對方的機會都沒有，唉……

我從床上爬起身，看看時間顯示為十一點，轉過身卻看到蔓婷在書桌前發呆。

「蔓婷。」我叫了第一聲，她沒有回應，接下來又叫了兩次，她才轉過頭來看我。

「啊？」她呆滯的表情卻讓我疑惑了。

「我們要不要去附近吃個早午餐？」我問。

另外兩位室友小珠跟樺樺還在睡，這兩個人昨天都有跑大隊接力，昨天晚上在床上一邊和我們聊天一邊抬著腳，結果就那樣抬著腳睡著了。

看來大家都很累，我這個沒有參加任何比賽的人都覺得疲累了，更別說是她們了。

十五分鐘後，我和蔓婷離開宿舍，選了一家比較常吃的早餐店走進去，點完餐後就坐進店裡的角落。

約莫一個小時我們結束了餐點，也幫兩位還在沉睡的室友買了份餐點，然後準備回宿舍繼續休息。

走進校園，在楓林大道上面漫步的時候，蔓婷突然拍拍我的手腕，指著不遠處的地方。

「那是妳學長吧？妳學長……」我順著她指的方向看過去，看到翊堯學長坐在經常坐的長椅上打盹，「妳學長……怎麼連這裡也可以睡覺啊？」

「哈哈……」我無言，想了下將手上的餐點拿給蔓婷，「蔓婷，妳先回宿舍，我去叫醒他。」

睡覺不好好的在宿舍睡覺，偏偏喜歡餐風露宿的生活嗎？天氣還沒有完全回暖，這樣子會感冒的啦！

與蔓婷道別完之後，我走到翊堯學長面前，正要叫醒他的那瞬間，我又突然想到什麼似的往校門口的方向走去，不一會兒，我一手拿著一瓶熱奶茶，悄悄的走近他的身邊。

「學長。」

他沒反應。

……這麼說起來，我好像常常看到翊堯學長在我面前睡覺欸……

看著他那俊俏的睡顏，我二話不說的把溫奶茶放置在他的臉頰上。

一秒、兩秒、三秒過去了，他緩緩的睜開眼睛，我也在他睜眼的那一剎那將溫奶茶給收回來。

他身子明顯一顫，瞪大眼睛看著我，然後一愣，接著從長椅上起身，往前走了幾步，又走回來。

「學長？」我看著他的行為莫名的想笑。

他瞥了我一眼，低頭看手錶上的時間，吐了一口氣，又往我這裡看了過來，在看到我手上拿的奶茶時直接拿走一罐開始喝。

「欸欸，小心燙啊！」我整個笑開。

見我一臉開心樣，他卻蹙起眉頭，「很好笑嗎？」

我瞬間收起笑臉，「不好笑。」

「不好笑還笑？」他陰沉的瞪著我，「妳不是失戀嗎？這麼快就走出來了？」

「呃……」我傻笑著，指著胸口，「我也不知道欸！照理說失戀心應該會很痛才對，可是我卻一點也不會覺得痛，只是覺得有一點點的失落感，但這些失落感在剛剛看到學長你的那一瞬間好像就沒了。」

他凝視著我，微微蹙眉。

「可能……學長你長得太好笑了吧。」我下出這個結論。

「我長得很好笑？」他眉皺得更深，「妳這什麼鬼形容詞？」

「就是……」我想了想，想了半天卻想不到該怎麼解釋，「不知道啦！反正看到學長你我的心情會覺得不錯就是了。」

他無語，冷漠的看了我一眼，最後坐下。

「妳怎麼會在這裡？」他問。

「我剛剛跟室友吃完午餐，回來的途中看到有隻豬……」我感到他那散發出殺氣的可怕視線，「呃，看到有個帥氣的身影在這睡覺，於是我走近一看，發現是我那帥氣的直屬學長，想說他在這邊睡會感冒，於是善良的我前來把那位帥氣的學長給叫醒，嘿嘿。」

翊堯學長瞇起眼睛，表情像是在說：這還差不多。

話說經過了一個學期多，我變得敢這樣子跟翊堯學長說話，好像也有些造反了我……

我想到什麼似的問：「學長，你是不是早就知道易銘學長喜歡我同學了？」

他沉默了幾秒，才緩緩開口：「身邊有眼睛的人都看得出他對妳同學很特別，但我覺得妳還是可以告白看看，說不定他會突然喜歡上妳。」

我有點不悅的嘟起嘴，也責怪著自己明明目光一直跟著易銘學長的，怎麼卻什麼也沒發現？但若要我向他告白，明明知道自己會被拒絕卻還是告白，這……雖然我當初的確說要把第一次的告白獻給易銘學長，現在卻一點動力也沒有。

「妳做的那些餅乾和料理都是為了要送給他吧？跟黎櫻花一樣把我們這些學長當成實驗品？是嗎？」他嘴角勾起，壞笑中隱藏著一些邪惡殺氣。

「呃……」一下子被戳重事實，我也不得不承認了，「是……」

他看著我。

「但……不會再請你們試吃了啦。」我說，心裡同時默默的跟小白鼠們說聲再見，「因為他喜歡的人不是我啊……我再怎麼努力他也不會看到的……」講這句話的同時能感受到翊堯學長的目光始終都停留在我身上，我轉過頭，果真跟他對上了眼。

他就那樣凝視著我，沒有開口說話。

我聳聳肩，「不過學長如果你喜歡吃的話我還是可以做給你吃啦，只要你不嫌棄就好。」

「……看來，妳一直注意著他，對吧？」他垂下眼，目光深深的凝視著我說。

「呃……以後不會了。」我說，卻發覺他離我越來越近，「……學、學長？」

他怎麼怪怪的？

我一臉納悶的回看他，身子也不禁往後挪，他身子卻越靠越近，當我整個背貼在椅背上的時候，他伸出一隻手輕輕的捧起我的臉，我的眼睛越瞪越大，那臉頰上的觸感意外的觸動著我心中的某處，好像一條紘，輕輕拉扯的同時，也牽動了心。

翊堯學長的臉離我越來越近，我的心臟也越跳越快，全身的血液好像逆流一樣讓我身子僵硬著。他的氣息就那樣直接吹在我的臉頰上，弄得我又難耐又癢，「為什麼妳看到的人不是我？」

「啊？」我愣愣的凝視著他，同一時間他傾身低頭吻住我。

我瞪大眼睛，渾身僵硬，整個呆愣住。

唇上一個柔軟，蜻蜓點水，明明只有一秒的時間卻好像經過了數分鐘之久。

我看著翊堯學長的臉遠離，腦中完全無法思考，無法大罵他奪走我的初吻，無法問他為什麼要吻我，無法推開他，無法質問他，什麼都無法！我的時間像被人抽走一樣，整個人就像被施了魔法，所有的動作都定格在那。

為什麼？

為什麼翊堯學長要這樣子對我？到底是為什麼？

翊堯學長態度從容的拿起旁邊那些參考書，手輕輕拍了拍我的頭，淡淡的丟下一句：「我去家教了。」

過了幾秒，我回過神，一臉不敢置信的摸著自己的唇，上面隱約有著奶茶的味道，愣愣的看著手上那未喝過的奶茶，我的臉整個燙熱，瞬間紅到不能再紅。

為什麼翊堯學長要這樣子對我——？

我摀著自己的唇，看著那幾乎小到快看不見的背影，雙手不禁開始顫抖。

難道……翊堯學長他喜歡我嗎……？

當這想法浮現在腦中的時候，我更加覺得不敢置信。

這……這不可能吧？

第七章　我喜歡他

曾幾何時，翊堯學長的目光開始停留在我身上的？

想到這我不禁掩住面孔，突然領悟到這事實的我，非常的不敢相信。

我喜歡易銘學長的事情，就連身邊最要好的蔓婷都沒有注意到了，翊堯學長又是怎麼會知道的？

若不是一直留意我，是不可能會發現這個祕密的吧？

所以……翊堯學長一直注意著我嗎？

我腦袋恍恍惚惚，抬頭望著楓林大道上那新長出的枝枒，呆呆的望著，手上的奶茶早已冷卻，起了漣漪的心湖也漸漸的平靜下來。

想起當拿著偷拍到的照片去印相館印的時候，我竟然無故的要求老闆再多洗一張，想不出任何理由，就只是自己莫名的也想要保存一張。

想起小筆記本上的紀錄，翊堯學長的次數竟然比易銘學長的還要多。

我是不是也有稍微喜歡翊堯學長呢？

我問著自己，卻無法得到任何答案，連自己都不懂自己的心了，又有誰能夠懂？

★

回到宿舍我持續發呆，手又不自覺的摸到唇上，憶起初吻的那一瞬間，好像所有的神經觸感都集中在唇上一樣，那氣味和那感覺，飄飄然卻又帶著一絲絲的甜味。

我應該要生氣的不是嗎?但我卻莫名的覺得有點幸福，怎麼……會這樣子呢?

為什麼我只要想到初吻的那一刻，就會不自覺的牽動嘴角?心中甚是有悸動的感覺?

我目光望向手機，等待著他可以打給我，給我一個合理的解釋，解釋著為什麼要突然吻我?是因為喜歡我嗎?

但，從中午等到下午，從下午等到晚上，從晚上等到晚上九點多，我的手機都沒有響過。

學長，你怎麼不主動找我解釋?

我不禁暗自嘆了口氣，此時蔓婷起身拿出衣服去洗澡，我的目光依舊停留在手機上，整個心懸在半空中等待著，一直等待著。

不久，蔓婷的手機響了起來，但因為沒有人接起過幾秒後空氣再度恢復安靜。

我走到窗前偷偷掀起門簾，看到翊堯學長的寢室是亮著的。

他現在在做什麼呢?

運動會結束的隔天還要去上家教，是不是累到早寢了?

當我這樣想的同時，我的手機響了起來，清脆的水晶音樂再度打破安靜，我瞬間加快腳步走到書桌面前拿起手機，原本以為會看到翊堯學長這四個字，卻看到一連串沒看過的號碼。

疑惑了幾秒，我接了起來，「喂?」

『盈盈嗎?我是秋易銘。』

我愣住，「學、學長?」

『嗯，那個……我剛剛打蔓婷的手機她沒有接……』

「喔，學長，蔓婷她在洗澡。」我說。

『這樣啊？盈盈，那妳現在有空可以下來一趟嗎？我有東西想要請妳轉交給蔓婷。』

「現在嗎？」

『嗯，我現在在你們女宿外。』

「好，那學長你等我一下，我現在下去。」

闔上手機，我拿起外套套上，然後離開了寢室。

★

踏出電梯門後，我就看到易銘學長的身影。

那個身影是我一直追尋的，但怎麼現在看到那身影的瞬間，卻感覺平淡，淡到快要變透明然後消失呢？

怎麼會這樣子？

明明之前只要一見到他就會開心的情緒，現在怎麼完全沒有了？

我走向前，「學長。」

他將手上一本原文書交到我手上，「其實不一定要今天交給她，改天也是可以的，但我飲料都買了說。」他另外一隻手提著一杯飲料，上面貼著印刷紙，紙上寫著草莓牛奶。

我將飲料接了過來，然後將原文書退還給易銘學長，他一臉納悶，我接著說：「這樣，不就又有下次見面的機會嗎？」

他先是愣住，然後笑了笑，顯得靦腆，靦腆中又夾帶著些許的害羞，我看著易銘學長此刻的表情，自己也有些的恍惚。

「我也不知道欸！照理說失戀心應該會很痛才對，可是我卻一點也不會覺得痛，只是覺得有一點點的失落感，但這些失落感在剛剛看到學長你的那一瞬間好像就沒了。」

也不懂自己怎麼一回事，腦中突然浮現翊堯學長的身影。

我喉嚨乾澀，輕輕的微笑，「易銘學長，你……是不是喜歡蔓婷？」

易銘學長再度愣住，似乎沒有想到我會問的這麼直接，看他的反應我百分之百也知道了答案，揮了揮手，我對他說：「學長，那我就先上去了哦！這杯飲料我會交給蔓婷的。」

他淡淡的笑開，對我說聲謝謝。

我走進宿舍，站在電梯門前等待著電梯，同時也在思索著，好奇怪哦，真的好奇怪……

是因為我早就發現易銘學長喜歡的人是蔓婷的關係嗎？

我怎麼……一點難過的感覺也沒有，是有一點失落，但卻不會覺得痛。

完全，不會心痛。

這場失戀我也太快就走出來了吧？

★

隔天還是補假，室友們依舊睡到自然醒，趁她們還在睡覺的時候，我起身，梳洗完畢離開了宿舍。

現在是早上九點多，但根據筆記上的紀錄，翊堯學長人現在應該在系學會辦公室那邊。

只是也不知道他會不會因為今天學校補假而不在，但無論如何，我為自己賭看看，如果真的遇到他了，我想親口問他昨天的事情。

為什麼吻我？

「為什麼，妳看到的人不是我？」這句話，又代表著什麼意思？

沒多久我就抵達了工學院，走進電梯裡面，電梯緩緩上升，我的心臟卻不受控制的越跳越快。

原本以為自己可以像以前一樣輕鬆的面對著他，態度自然的問著他那個問題，但一踏出電梯，我卻退縮了。

我停下腳步，頓時之間想要打退堂鼓，深呼吸，我用盡力氣努力的挪動我那雙顫抖不停的雙腳，好不容易才來到了系學會辦公室面前。

再度深呼吸，我舉起手敲了敲門。

沒人回應。

我轉了轉門把，是鎖上的，看來裡面沒有任何人。

不禁鬆了一口氣的同時，也懊惱著。

如果真的見了面，我該拿什麼樣子的表情來面對著翊堯學長？

無論如何，想要態度輕鬆自然的面對著他，是一件不可能的事了……

★

結果，接下來的一個禮拜我都沒有遇到翊堯學長。

這一個禮拜的期間，我幾乎只要有課就會去系學會辦公室那邊找人，有時候還會特地繞路去，但也不知道翊堯學長是搞失蹤還是怎麼了，都沒有見到他的人影，反倒還被誤會是翊堯學長的粉絲，我連忙解釋著說自己是他的直屬，有事情找他。

其實我腦中也不禁有個疑惑，翊堯學長他是不是在躲著我啊？

大男人這樣像老鼠一樣躲躲藏藏的，對嗎？

我手托著下巴，百般無聊的坐在書桌前面玩著臉書上面的小遊戲，玩得正入迷時，我手機響了起來，雙眼緊盯著這一關的任務，我的左手伸去摸索著手機，然後連看也不看的就直接接聽。

「喂？」我有氣無力的說，同時間滑鼠按了幾下。

『小學妹，聽說妳找我？』當這低沉的聲音傳來我耳裡抵達腦袋的同時，我傻愣住了。

「學長……」突然有股想哭的衝動。

那聲小學妹，竟然牽動了我，我平靜的心湖起了陣陣漣漪。

『嗯？找我有事？』翊堯學長問。

我不答反問：「翊堯學長，你現在……在哪裡？」

『我現在在我家，妳找我有什麼事啊？』

「我……」我深呼吸，「學長，你什麼時候回學校啊？」

對方卻沉默，我接下去說：「我有事找你。」

『晚上吧……等我到學校再打給妳，這樣可以嗎？』

「好。」原本要說再見的，卻聽到他闔上手機的聲音，我呆呆的看著手機，過一分鐘後，才將目光轉回電腦螢幕上的遊戲。

晚上……

晚上翊堯學長就會回學校了……

我的嘴角不禁上揚，原本無力、沒什麼精神的我，在與翊堯學長通過電話後頓時振奮起來，滑鼠快速的按了按，連續破了好幾個遊戲關卡。

天還沒黑的時候，我時不時的就盯著手機看，等待著那通電話，連自己也不知道為什麼會這麼期待那通電話。

昨晚明明是第一次接到易銘學長打來的電話，但我卻沒有今天接到翊堯學長電話來的開心。

這到底是怎麼一回事？

我喜歡的人明明是易銘學長啊！是因為得知道他喜歡的人是蔓婷之後，就對他沒有感覺了嗎？

為什麼會這樣啊？

腦中的疑惑，一直持續到晚上十點翊堯學長打電話給我的時候，都沒有得到答案。

電梯門緩緩下降，我的心也跟著下沉到一個我未知的情緒中。

滿滿的期待中又帶著一點點的害怕，一些些的害羞中又隱瞞著一絲絲的懦弱。

心臟同時開始狂跳著，我摸向那正在劇烈起伏的胸口，雙手因為緊張而開始有些麻木。

為什麼，我會有這樣子的心情？

我鼓起勇氣走向翊堯學長，他現在正背對著我，那高瘦的背影距離我如此的近，但我卻覺得遙遠，明明伸出一隻手就可以觸碰到的距離，但卻有種就算我伸出手也摸不到他的錯覺。

像是感應到什麼一樣，他轉過了頭，在看到我的那一眼，牽動起嘴角。

「妳來啦？」他說：「小學妹。」

我愣愣的看著他的笑容，那一瞬間，心停了一拍，此刻我的臉一定是脹紅了……

「學、學長……」我含糊，聲音小到跟麻雀一樣。

還好我有圍圍巾，將那脹紅的臉一半埋在圍巾中，加上晚上的關係，他應該沒有發現到我臉紅。

「找我幹麼？」
我看著他的態度，依舊跟以前一樣，從容且帶點漫不經心，見他這樣神色自若的樣子我不禁納悶。
「學長……」
「嗯？」
我雙手握起拳頭，鼓起勇氣注視著他的那雙眼睛，我用力的深呼吸，像是怕抓不到新鮮空氣似的，一股冷空氣直竄入我的肺裡，讓我不禁打了顫。
「為什麼你那天要親我？」不知為何，我的聲音竟然有些沙啞。
翊堯學長微微蹙起眉，爾後眉宇又鬆開，「因為……」語末，停頓了幾秒，「因為我喜歡妳。」
我頓時一愣，心臟又開始狂跳起，呆滯的望著他，一方面也訝異他竟然這麼直接就說出口，好像『害羞』兩個字不會在他世界出現似的，他的態度就好像在說著一件很平淡的事情，接近於『今天天氣很好。』那種平凡。
「不過……」他又說：「這是我的事情，所以我喜歡妳的這件事情妳不必放在心上，我知道妳喜歡的人是秋易銘。」
我開始疑惑，「什麼意思？」
「意思就是說，我喜歡妳這件事情，妳可以不必理會，我們還是學長學妹的關係。」
當我將他這句話思索完畢並下出一個結論後，我腦中頓時停止運轉。
結論是：我們還是學長學妹的關係，一成不變。
領悟到這事實的時候，我突然覺得胸口處微微抽痛了一下，望著翊堯學長的臉，我納悶著我現在所擁有的感覺，不知道該說什麼。

「妳找我，就是為了要問我這件事情嗎？」他問。

由於聲音發不出來，我只能點點頭，同時，也莫名的感到鼻酸。

怎麼辦？為什麼我現在有快要掉淚的感覺？

「我也不知道欸！照理說失戀心應該會很痛才對，可是我卻一點也不會覺得痛，只是覺得有一點點的失落感，但這些失落感在剛剛看到學長你的那一瞬間好像就沒了。」

胸口好痛，整顆心像被人給用力捏住一樣，痛到我每一秒都無法好好的呼吸。

心痛的感覺像龍捲風一樣突然來襲，我看著翊堯學長，眼前的視線逐漸模糊，同時間也掉下了淚水。

在掉淚的那一秒鐘，我突然意識到自己喜歡翊堯學長。

因為如果不是喜歡他，那為什麼我會覺得心痛？那為什麼我會期待著他打電話給我然後又因為等不到而如此失望？

「欸，妳……妳為什麼哭啊？」翊堯學長被我嚇到了，他慌張的伸出手想抹掉我臉上的淚水卻又退縮回去。

我咬著唇，用手背抹去淚水，望著他。

「學長……那是我的初吻。」我凝視著他，想將此刻的他就這樣烙印在我腦海中。

翊堯學長睜大眼睛，呆了一秒，說：「呃……那、那也是我初吻，這樣互相抵銷誰也沒欠誰，可以吧？」

我不敢相信的看著他，「你騙人！」

「我沒有騙妳。」
「你長得這麼風流又這麼老，初吻怎麼可能還在？」我大聲的說。
「我——」對於我嗆他的話他又呆了一秒，「小學妹，妳講話好狠啊！我雖然長得風流但我一點都不風流，而且我也才大妳兩歲而已，哪裡老了？」
我不理他，停下的淚水又掉了出來，只是瞪著他，用一個很醜的表情。
「你這風流鬼……」我開始胡言亂語。
「好好好，是是是，妳不要哭……」他的手不知所措的在我面前亂揮，最後直接拿起袖子往我臉上用力擦了過來，我的臉被他這樣揉濫了一會兒，眼淚是擦掉了，但臉頰也因為與袖子的摩擦而紅了。
「很痛欸！」我忍不住抱怨。
「好好好，對不起對不起……」他慌張的道歉，凝視著我的眼神慌亂，然後無意間吐出一句：「我是不是應該叫秋易銘來安慰妳一下，這樣會不會比較好？」
我聽到，又想哭了，眼淚同時也配合的又流了下來。
「欸欸欸，妳不要再哭了好不好？」他懊惱的看著那沾上我鼻涕跟眼淚的袖子，「送洗很貴欸……」雖然這樣唸，但是他又擦了上來。
眼前的他，一下模糊一下清晰，我的目光始終都凝視著他，這個讓我心動又心痛的人。
我們，依舊是學長學妹的關係嗎？
如果我告訴翊堯學長說我喜歡他，我們這關係會改變嗎？
但他會相信嗎？

前陣子才因為易銘學長而失戀的我，怎麼可能這麼快就喜歡上翊堯學長？

連我自己也不敢相信自己的情感怎麼會轉移的這麼快，更別說是要別人相信我了。

這樣讓我不禁開始懷疑我自己了，我到底……有沒有喜歡過易銘學長啊？還是只是單純的崇拜、愛慕而已？

在喜歡易銘學長的同時，翊堯學長卻也偷偷的在我心裡住了下來，這樣子的論說誰會敢相信？

我不知道易銘學長喜歡喝什麼，但我卻知道翊堯學長喜歡喝奶茶，我不知道易銘學長喜歡的東西是什麼，但我卻知道翊堯學長喜歡楓葉。

無論如何，我很確定我現在喜歡的人不是易銘學長，而是翊堯學長。

只是，如果告訴他，他會相信嗎？

但要我裝作若無其事的樣子，我真的做不到……

望著自己的雙手，我想起很久以前的夜裡，翊堯學長的大手輕握住我手的那一秒鐘，好像有種觸電的感覺，是不是在那時候，或是更早之前，我就喜歡上他了呢？

戀愛的情緒不知何時開始發酵，空氣聞起來好像夾帶著一絲絲的甜味。

我好喜歡他，但我該怎麼辦？

★

如往常一樣，我偶爾會將烹飪社所做的餅乾和料理送去給翊堯學長。

「小學妹，再這樣下去我真的會被妳餵胖。」當我端著今天做的咖哩飯時，他哭笑不得。

沒關係，變胖了我也還是喜歡你，嘿嘿，不過我現在當然不敢在他面前這樣說，因為這裡除了他，還有系學會會長在旁邊滑手機。

「學長，我在幫你省餐點錢啊！」我瞎扯。

「省錢倒是不必了，我可沒有這麼缺錢。」

說完這句話的同時，系學會辦公室門打開，易銘學長走了進來，我對易銘學長打聲招呼後，翊堯學長對他招了招手。

「欸欸，易銘，你要不要吃咖哩？小學妹做的。」

「原來真的有咖哩，想說我一進門就聞到一股香味。」易銘學長笑了笑，「你要給我？但這是盈盈要給你的欸。」

我頓時一愣。

「嗯……我現在還不是很餓，放著也會放冷，你餓的話就拿去吃。」

在旁邊的我只能眼看著咖哩飯被易銘學長接去，心中暗罵著許翊堯大笨蛋！那是要給你吃的欸！先前加入烹飪社確實是為了易銘學長，但現在早就不是了，我看著翊堯學長，心中又罵了他一聲笨蛋。

「盈盈，好吃欸！」吃了一口咖哩飯的易銘學長稱讚了。

「真的嗎？」我受寵若驚。

「所以不需要這個嗎？」翊堯學長晃著手上的瓶子，是我上學期買給他的胃藥！

我無語的瞪了他幾秒。

「哈，你怎麼會有胃藥啊？是因為小花才買的嗎？」易銘學長笑了開，覺得很不可思議。

「不是，是小學妹送的，以防萬一買給我的。」翊堯學長邊說邊指了指我。

我不悅的嘟起嘴，「你真沒禮貌欸學長，我又不像小花學姊會東加西加，我都有按照食譜來好嗎?你吃了一個多學期，哪次有用到那瓶胃藥了?」

他抿笑，「這包裝是沒拆開過。」

「就是嘛!」我昂起下巴。

「但……不知道哪天也許會用到。」他壞笑了一下。

「你永遠不會用到的!」我走向他，向他伸出手，「還給我。」

翊堯學長卻故意拿著胃藥在我面前晃了晃，就是不還給我，我伸手去抓，他卻故意往後伸，然後打開抽屜快速的丟進去。

我瞪著他，無言。

「我吃完了!呵呵……盈盈，沒想到妳手藝這麼好，不錯不錯，以後娶到妳的人會很幸福的。」易銘學長的聲音從身後傳來。

我聽了有點不好意思，「學長，你過獎了，沒這麼誇張吧?」

「我沒有騙妳，真的很好吃。」

我笑了笑，卻發現翊堯學長別有意味的表情看著我，這傢伙……該不會是故意給易銘學長吃的吧?

以為我喜歡易銘學長的他，偶爾會不著痕跡的做這些事情幫我，但他做的這些事情卻我心裡頭悶，好悶好悶，悶到想舉起拳頭打醒他。

翊堯學長大笨蛋!

待易銘學長離去後，我上前興師問罪，「學長，你是不是故意的?」

「什麼故不故意的？沒頭沒腦的妳在講什麼？」

「……」裝傻，還真高招啊！「我說，你是不是故意把咖哩拿給易銘學長？」

「小學妹，我在幫妳。」他牽動嘴角，繼續低頭望著手上的資料，我卻一肚子火。

他在幫我，我果然沒有想錯，但越幫我，我就覺得越難過。

「學長，以後不要幫這種忙。」我對他說。

他挑眉，「哦？妳確定？妳的意思是妳要靠自己？」

「……」靠……靠你個頭啦！

決定不再和他說話的我，收拾了自己的東西，連再見也不說的離開辦公室。

你的目光不是一直停留在我身上嗎？那就應該會發現我已經不喜歡易銘學長了啊！那就應該會發現我一直留意著你啊！

學長大笨蛋——！

★

三番兩次下來，只要我送餐點的時候有易銘學長在旁邊，翊堯學長就會將那些餐點用各種不同的理由給易銘學長。

「我現在不太餓，不怎麼想吃東西。」、「我肚子有點不舒服。」、「太熱我沒胃口。」各式各樣的理由將我的愛心轉送給易銘學長。

學長，你知不知道你再這樣下去我都快要哭了我！

但是他不知道，他就是不知道我的心在淌血啊！

翊堯學長大笨蛋！

一日，上課前在工學院走廊轉角之處，我看到了易銘學長，他正在跟其他學長聊天，沒發現身旁的蔓婷垂下了頭，我上前去叫住易銘學長，他們的談話聲頓時停止，許多隻眼睛都往我這看過來。

「盈盈？」易銘學長先看了我一眼，然後視線往我身後的蔓婷望過去。

好奇怪，先前這些小小的動作我都不曾發現過，自從知道易銘學長喜歡的人是蔓婷後，我就發覺他有時候目光會輕輕的飄到蔓婷身上。

不過，這些我已經不在意了。

「學長，不好意思，我有件事情想要跟你商量。」我對他微微一笑。

「啊？什麼事情啊？」他問，此時蔓婷走到我身邊，說她先進教室去。

「就……」我看向旁邊其他幾位學長，要求著易銘學長：「學長，可不可以找個隱密的地方聊？有件事情想請易銘學長幫忙。」我目光看向他，「學長，好不好？」

「喔……好啊！」

易銘學長將我帶到一間空教室前，一臉納悶的對著我說：「妳要我幫妳什麼？」

我咬著下唇，一臉祈求的眼神，「學長，如果翊堯學長以後將我送他的餐點送你吃的時候，你可不可以拒絕他？」

「啊？」

「因為……」我的手不禁抓緊我的衣襟，「我……我喜歡翊堯學長，那些東西本來就是要送給他吃的，誰知道他這麼笨，都不知道我的心意……」

易銘學長輕輕的泛起笑容，「盈盈，妳喜歡阿堯啊？」

我困窘的點點頭，卻也無奈的嘆口氣，「學長，這件事情保密啊！沒有人知道我喜歡他……他本人也不知道……」我越說頭越低。

「好，我會幫妳保密的，妳送他吃的那些餐點若他給我的話我也會拒絕的。」

「真的？」我欣喜。

易銘學長點點頭，「嗯，我答應妳。」

「那學長你……要裝作什麼不知道哦！也不要給他提示哦！我想要自己親口告訴他我的心意。」

易銘學長聽了臉上的笑意更深，他凝視著我，對我說：「好，我會裝作什麼都不知道的。」

我看著他，充滿著感激，「謝謝學長。」

「小事情，沒什麼好謝的。」

一股暖意不禁流進我的胸口那，看著易銘學長的笑容，明明以前見到這笑容的時候心臟總是突然跳得很快又很大聲，大聲到我都懷疑有人在我身體內裝了擴音器，但如今，見到這笑容我依舊覺得很開心，因為他的笑容依舊溫暖，但我已不會心跳加速了。

當初的悸動，已經消失了。

想起那天的夜裡，當翊堯學長發現我喜歡易銘學長的時候，他也是說他失憶了，什麼都不知道。

這兩位學長人都是正直又善良，又加上天菜般的長相，也難怪一堆學姐學妹哈死他們了。

但翊堯學長是我的！不許有人跟我爭！

★

易銘學長果真如他答應的，當翊堯學長把我送給他的蛋糕餅乾或是餐點送他的時候，他紛紛拒絕。

而翊堯學長也不會再轉送給其他人，只好自己吃掉，我看到這情形，心裡直發笑，覺得很開心。

在宿舍中，我看著我那兩張先前就洗出來的照片，至今還沒有拿給翊堯學長簽上名，而李逸光現在也不會像以前那樣看到我就開口一次，但偶爾想到的時候還是會唸一下。

照片中，是翊堯學長沉睡的表情。

到現在還是不明瞭為什麼翊堯學長不喜歡拍照，人長得這麼帥，不愛拍照實在可惜啊……

我滑著手機裡面的相片，至今為止，多采多姿的大學生活全都被我記錄在裡頭，我滑了滑，赫然停頓在一張也是翊堯學長的睡臉，只不過背景是在楓林大道的長椅上，他的頭髮上還沾上了一片楓葉。

看著上面的日期，是上學期剛認識翊堯學長沒多久的時候，那時候的他睡在楓林大道的長椅上，給人玩世不恭的隨性，好像即使被人誤當作是街友也無所謂。

也是啦！怎麼會有這麼帥的街友？是吧？

不過早知道就拿這張給翊堯學長了，這樣我也不用那麼辛苦的去偷拍他。

我再度將照片往上滑，當看到某張照片的時候我嚇到差點把手機給摔了！

「啊！」然後我也不禁尖叫，使得其他三位室友的目光紛紛投射在我身上。

「盈盈，妳在叫什麼啊？」小珠問。

「沒、沒有……」

蔓婷若有似無的淺笑，又繼續做她自己的事情。

我驚魂未定的喘了幾口氣，然後將手機拿好，看著這張照片我不禁開始臉紅心跳，甚至紅到耳根子那裡了。

那張就是我跟翊堯學長初次見面那天，他邀我去系學會辦公室找他，卻因為貧血所以開門的時候直接撲倒在我身上，壓在我身上整整有數分鐘之久。

最後不小心被小花學姊拍了照片，雖然翊堯學長當場要她刪除，但小花學姊在刪除之前卻偷偷將照片傳給我。

一想到這我不禁摀住自己的胸口，臉又更紅了，那天我好像還被學長給摸了胸部！！要死！！摸了要負責，是嗎？

那我現在回頭要翊堯學長他對我負責行不行啊？

……算了，都過那麼久了，搞不好他早就忘記了。

但、但是，我的初吻是被他奪走的欸！用這個要求他負責，可以吧？

……唉，算了，那個臭豬頭，他都說那也是他初吻，要用這來做相抵，這麼的不解風情。

我現在到底要怎麼做啊？

之前對易銘學長，我腦中好像有本劇本一樣，記錄著與他不期而遇的日期，然後故意增加一些巧遇，想讓他心中漸漸有我的位置。

而對翊堯學長，這些方法卻不怎麼可行，他說他喜歡我，但卻不知道我喜歡的人是他，一直以為我喜歡的人是易銘學長。

「這是我的事情，所以我喜歡妳這件事情妳可以不必放在心上，我知道妳喜歡的人是秋易銘。」

我怎麼可能不放在心上？

等我意識到的同時，愛苗已經深深的扎根種植在我的心上，我的情緒我的感受都會因為他的每一句話而受到影響。

好奇怪，明明是他平常的行為舉止，此時他的一舉一動卻被放大來牽動我的心情。

我自己也沒有想到自己會這麼的喜歡翊堯學長。

但翊堯學長是真的喜歡我嗎？如果我最後真的跟別人在一起了，他也覺得無所謂嗎？

★

我敲了敲系學會辦公室的門，聽到裡頭的一聲請進，推了開門探頭進去，裡面是系學會會長跟翊堯學長兩人。

「翊堯學長。」我嘿嘿嘿的笑，身子卻沒有踏進去。

他抬頭看我，蹙起眉，「小學妹，妳那什麼臉啊？」

我向他招了招手，「學長，你可以出來一下嗎？順便拿支簽字筆。」

「要幹麼？」他問，同時起身走到辦公桌那拿了一支簽字筆向我走了過來。

當他走出辦公室門的時候，我將照片拿了出來，「五官清晰，在你不知情的情況下拍的，怎麼？學長，你的睡臉我拍的可以嗎？」

他盯著照片，無言了好幾秒。

「學長，不可以說話不算話哦！」我又說。

他無言的看著我，最後嘆口氣，充滿無奈，「……算妳厲害。」拔開筆頭，在上面快速的簽上名，接著我滿意的將照片收回包包裡。

「就這樣？妳來找我就是要給我簽名而已？」

「呃……是啊！」順便來看看你，但這種話我現在可沒有勇氣說出來。
而翊堯學長的表情卻變得有點奇怪，他看看四周，確定沒有人後湊近我：「小學妹，妳那位漂亮的室友最近有沒有怪怪的？」
我眨眨眼睛，「你是說蔓婷嗎？」
「對，就是蔓婷，妳有沒有覺得她最近怪怪的？」
我想到昨天晚上蔓婷時不時的就嘆氣，問她發生了什麼事她卻不開口，顯然把所有的事情都往自己的肚子吞，而我也從她神情中察覺到她很煩惱，煩惱中又有點難過。
我點點頭，「她……好像心情不好吧，學長，你為什麼要問蔓婷的事啊？」
「因為易銘他也心情不好，妳知道他們之間發生什麼事嗎？」
「不知道欸！我問了她也都不說。」
「這樣啊……」翊堯學長摸了摸下巴，一個奇怪的笑容，「嗯……妳要不要去安慰一下秋易銘？」
我瞠眼，不敢置信的看著他的笑容。
「妳想，這會不會是個轉機啊？」他說。
我無語的看著他，恍惚了一下，胸口好像被一顆大石頭給打到，好疼。
「學長……你說你喜歡我……是騙人的吧？」
翊堯學長的表情變納悶，「……我沒有騙妳。」
「那你為什麼……？」為什麼要把我推給別人？
他抿笑了一下，抿笑中卻夾雜著一些複雜的情緒，「我不是說，我會幫妳嗎？」

我愣愣的看著他，頓時之間一肚子火翻滾著，用力吐了一口氣，「好，易銘學長在哪裡？」

他遲疑了一下，緩緩的舉起手，指向不遠處的長椅那，我看到一個白色的身影正坐在那。

我轉過頭，氣沖沖的往易銘學長那走過去。

明明知道這樣做不好，會讓翊堯學長繼續誤認為我喜歡的人是易銘學長，但我真的好不甘心。

這樣子互相的傷害，終究兩人都會被傷得很重。

「易銘學長。」我叫了好幾聲，易銘學長才回過神。

「啊？盈盈。」同時，他的目光也往我身後看了一眼，我隨即知道他在尋找著誰。

「蔓婷沒有跟我一起來。」我說。

他聽了牽動起嘴角，臉卻又隨即垮下，見他沉重的嘆了口氣，心神不定。

「找我有事？」他問。

「就……」我頭往後望，翊堯學長已離了開，無奈的吐了口氣，「翊堯學長要我上前來關心你。」

他表情疑惑，「啊？」

我敷衍的笑了笑，「學長，你跟蔓婷之間是不是發生什麼事了？」

易銘學長垂下眼，看來他真的是因為蔓婷的事情而心緒雜亂，見他似乎不想提起，我也識相的沒有再多問。

約莫過了十幾分鐘，當我正打算離去的時候，易銘學長幽幽的開口，語氣聽起來很沉重。

「喜歡一個人，並不一定要和對方在一起，有時候對方想要的幸福，是別人能給予的。」語末，一個悲傷的微笑。

我看著易銘學長的臉，不禁開始恍神。

翊堯學長是因為這樣，所以才不打算追我的嗎？所以才說要幫我？所以才……？

因為他始終認為我想要的幸福，是別人才能給我的……

但那是他自己的以為啊……

我很清楚也很明白，若我一天沒有親口告訴翊堯學長說我喜歡的人是他，他就一天會誤認為我喜歡的人是易銘學長。

但誰會相信我怎麼可能這麼快就喜歡上別人？

感情果真是一件複雜的事情，甚至比微積分課本上面的題目還要難解，連我自己都不知道答案了，又有誰能夠知道？

我要在還在什麼時機跟翊堯學長說我喜歡他呢？是要特地約他出來兩人單獨見面的時候說我喜歡他？還是下次見到面的那一瞬間就衝上去跟他說我喜歡的人是他？

但是，他會相信我說的話嗎？

我不禁盯著他的照片，覺得好煩惱。

果真正確，戀愛果然是一門深奧的學問，難怪列為大學必修的學分之一。

看著時不時就嘆氣的蔓婷，看來她也為了戀愛而傷腦筋，雖然不曾聽說過她喜不喜歡易銘學長，但看她為了他而煩惱，多多少少應該也是喜歡的吧？因為如果不喜歡對方的話，那幹麼煩惱？是吧？

我想蔓婷始終不說的原因除了是不想要我們替她煩惱外，她自己其實也想要自己一個人好好的解決這件事情。

而我，也是一樣的，我想要好好的解決我的感情事。

我們兩位為了感情事煩惱的女生，在上課前坐在工學院的長椅上。

蔓婷的情緒依舊低落，總覺得她再這樣下去遲早會把自己悶出一堆病來！

「小學妹。」

一個耳熟的聲音在我旁邊響起，我瞬間嚇到，瞪著他。

翊堯學長他用手示意著要我坐進去一點，我挪了一下屁股，他便坐到我身邊。

這傢伙要幹麼？

我雙手捧著自己的臉，現在的我應該沒有臉紅吧？誰叫他在我在想他的時候突然出現，讓我整個措手不及。

在抱怨的時候我又忍不住瞪了他一眼，卻發現他目光注視著蔓婷。

「……學長好。」蔓婷小聲的說著，她表情透露出疑惑，看了我一下。

「嗯……」翊堯學長從容的看著蔓婷，好像有話對她說，手指輕敲了敲桌子，又停下。

「學長，你是要問我有關易銘學長的事情嗎？」

翊堯學長挑眉，輕輕的點了頭。

「學長，對不起。」蔓婷苦笑著，「對不起我不能答應，若我一旦答應了，這決定會傷害到其他人的……」

當蔓婷視線往我這飄過來的同時我愣住。

她怕她的決定會傷害到其他人？

她看向我的意思是……怕會傷害到我？

……！

難不成……蔓婷她以為我喜歡易銘學長，所以猶豫著自己的決定？

我看著她又和翊堯學長講了幾句話，神情依舊差勁，而我腦中混亂到聽不清楚他們在談論著什麼。

在沒有任何思考的情況下我雙手抓住翊堯學長的手臂顫抖著，手抖著，嘴巴抖著，臉也抖著，幾乎全身上下都在顫抖著。

「蔓婷，妳誤會了，我……我、我沒有喜歡易銘學長……我……我喜歡的是、是、是翊堯學長……」我幾乎用盡身上所有的力氣將這句話說出，臉脹紅到不行，腦袋整個發脹，整個空白一片。

萬萬也沒有想到告白會來的如此快、會是在這種情形下。

然而，我說完後蔓婷卻瞠眼看著我，身邊的翊堯學長移動了一下，將身上的手扒開，然後起身離去。

我愣愣的看著他的背影，搞不清楚到底是怎麼一回事。

「盈盈，妳……？」蔓婷一臉納悶，「幹麼突然說這個啊？我沒有以為妳喜歡易銘學長啊……」

啊？

「我一直知道妳喜歡翊堯學長啊！」她笑笑的說。

「啊？」什麼啊？怎麼回事？

「翊堯學長，好像在生氣欸……」她看著翊堯學長剛剛離開的方向。

啊？生氣？沒有吧？

「盈盈，妳要不要追上去看看？」

我看著手錶，已經快達上課時間了，蔓婷也起身準備往教室移動，最後我輕吐了一口氣，「蔓婷，妳先幫我佔位置，我等等就回來。」

「好。」

我往系學會辦公室走去，途中也不斷的思索著剛剛的一切。

蔓婷說翊堯學長在生氣？沒有吧？他幹麼生氣？我都說我喜歡的人是他了，他應該要高興才對吧？

第八章　苦戀

敲了敲門，裡頭沒有任何的回應，但我還是轉開了門把，將頭探了進去卻對上一雙冷漠的眼眸。

「我有說妳可以開門嗎？」他冷冷的看著我，這冷若冰霜的態度瞬間讓周圍的氣氛降到最冰點。

我一臉不解，不明白他為什麼會生氣，更不明白他此刻的態度怎麼會這麼差？

簡直完全就像變了一個人似的。

「學……學長？」從沒看過他這樣的我也傻愣住了。

「不要叫我學長，李佑盈，從現在開始我不再是妳的學長，妳也不再是我的學妹。」他面無表情。

第一次聽到他叫我的名字，那毫無溫度的語氣讓我打了顫，我不禁握緊拳頭，全然不解的看著他，「學長，你……你為什麼要生氣啊？我……我做錯什麼了嗎？」

他看著我，那眼神就像是在看陌生人，不，就像是在看他最討厭的人一樣。

他哼了聲，沒有回答我。

「學長？我——」

「妳為什麼……」他眼睛瞇起來，「為什麼要跟別人說妳喜歡的人是我？妳明明就不喜歡我妳幹麼編這種謊言來騙人？妳說了那謊言是為了要讓妳朋友安心嗎？就算是這樣好了，於情於理我是能理解妳的想法，但我就是不爽，不爽妳利用我！」他說完手搥打了一下門，門上的震動震得我手麻，也讓我不禁往後退一步。

我連忙解釋，「學長，我沒有利用你，那不是謊言，我沒有騙人，我真的喜歡——」

「是誰跟我講第一次的告白要獻給秋易銘？當時那信誓旦旦的話說給誰聽？」他冷眼的注視著我。

「……不是這樣的。」我著急的想解釋，但面對他這種強硬的態度我根本處於弱勢。

「不是這樣？不然是怎樣？妳的意思是妳之前對我說的全是謊言嗎？」他瞇起眼睛。

我拚命的搖頭否認，「我那時候會說那些話是因為我那時喜歡的人確實是他，但現在我喜歡的人是你啊……」

「然後呢？」他目光始終如冰，就像處在極地冰寒深處，「妳說妳喜歡我？那妳說說，妳什麼時候喜歡我的？」

我不禁往後挪了一小步，老實說：「我……我是在你親我的時候發現的……」

「因為我親妳，所以妳就喜歡我了？」他面無表情的看著我，一臉不屑，「妳偶像劇會不會看太多了？」

我瞠眼看著他，不管我怎麼說，就算說破了嘴他也不會相信我喜歡的人是他。

「學長，妳為什麼不相信我啊？我喜歡的人真的是你……」

「我不相信，妳滾開！若不是因為妳是女的，我早就揍妳了。」他眼神充滿殺氣與厭惡。

我搖頭，拚命的搖頭，臉上早就淚流滿面，滿肚子的委屈讓我覺得好難過，「學長，真的不是這樣的，我沒有利用你——」

「出去，以後不要再讓我看到妳。」他下了逐客令。

我上前拉住他的手，他卻將我整個人推到門外，然後用力的闔上了門。

站在門外，我腦袋空白著，注視著眼前這一扇關起的門，就猶如翊堯學長他的心門一樣，不會再對我開放了嗎？

我眼淚不斷的流出，順勢帶著鼻酸與哽咽，白色的門逐漸變朦朧，雙眼的灼熱讓我再也看不清……

好痛。

心好痛，真的好痛，痛到我都想死了，就好像有人拿著刀狠狠的插著我的胸口，一刀接著一刀，每一刀力道就越加越重，痛得我幾乎快要喘不過氣。

手按住胸口在門外站了一會兒，心裡知道已經超過上課時間了，但我卻沒有回教室，我看著那扇白色的門，最後拖著沉重的身子離開了那裡。

像個被抽掉靈魂的空殼，我一個人在校園內亂晃，不知不覺的走到楓林大道上，找了長椅坐了下來，好不容易停止了眼淚又開始狂流。

就像壞掉的水龍頭，不斷的流，想止也止不住。

我眼前一片模糊，耳朵也聽不到外來的聲音，身子不覺得冷也不覺得熱，所有的感官都在一瞬間變得麻木，全身上下唯一能感受到的就是心底的痛。

似乎有人拿著火鉗，在我心上烙印上了巨大傷口般……

怎麼這麼痛……？

★

時間不知道過了多久，我一直沉浸在悲傷中，忘了時間與空間，就這樣將自己關入小小的世界中。

手機鈴聲響起來，我擦擦淚水，拿出手機來接聽。

『盈盈，妳人在哪裡啊？怎麼沒來上課？』是蔓婷，她的語氣聽起來有些著急。

「我……」我一出聲，才發現自己的聲音變得好沙啞，潤了潤喉嚨，「我在楓林大道這裡。」

『我去找妳，妳不要亂跑哦！』

闔上電話，我摀住了自己的頭，覺得頭好痛，剛剛的哭泣好像用盡了身上所有力氣一樣，覺得現在全身無力。

再低頭看看時間，沒有想到竟然已經過了三個多小時。

不一會兒，我遠遠的就看到蔓婷跑來，寫上全寫著慌張與著急，「妳怎麼沒有來上課啊？」

我看著她沒有說話，她在看到我臉的同時一愣，「……妳剛剛哭過？」

我默默的點點頭，擤了鼻涕，鼻子被我反覆的揉過，現在應該有點紅腫。

「盈盈，妳跟學長……？怎麼回事啊……？」蔓婷問。

我別過臉，然後輕輕的搖了搖頭，對她說：「我們回宿舍吧……我頭好痛，想要休息。」說完我起身，腳卻整個不穩，蔓婷見狀即時的扶住我才免於跌倒。

我們倆慢慢的走回宿舍，整個過程我都低頭不語，眼淚偶爾會流幾滴出來，一回到了寢室，我立刻抱著棉被再次痛哭。

其他兩位室友見狀都驚呆了，悄悄的問蔓婷我發生了什麼事，蔓婷一臉無奈，說她也完全不知道。

哭著哭著，哭累了就睡著了，等我再次醒來，天已經黑了。

「妳醒了嗎？」蔓婷傾身向前，我呆呆的望著她，雙眼無神。
「去洗把臉然後吃飯，晚餐幫妳買好了，快點快點！」她又說。
我搖頭，打算再度將自己埋在棉被裡面，「我不餓，不想吃。」
「盈盈。」
「我真的不餓……」
「那妳跟我說，妳跟翊堯學長之間發生了什麼事？」
我看著她，伸手打算拉起棉被，卻被蔓婷搶先一步將棉被抽走！
「妳若不說，就起來吃飯，兩個選一個！」蔓婷態度堅決，我遲疑了好幾秒，無力的撐起身子走進廁所洗把臉，然後坐在書桌前望著晚餐發著呆。
「趕快吃。」蔓婷將晚餐打開，是皮蛋瘦肉粥。
我望著粥，完全無力，整個就是沒有任何胃口。
蔓婷見我都沒有動作，直接拿起湯匙挖了一口粥，伸到我的嘴前打算餵我。
我嘴巴緊閉，軟綿綿帶點鹹味的飯粒碰觸到我的唇上，我微微張開口，蔓婷將那一口粥塞進了我的嘴裡。
完全沒有咀嚼，我直接吞進了肚裡，蔓婷就那樣餵我吃了幾口，接著我拿走她手上湯匙，「我自己來。」
蔓婷一臉懷疑的看著我，當看到我把下一口粥塞進嘴裡的時候，她才輕吐了一口氣。
「盈盈，妳跟翊堯學長間是不是有誤會？」她問。
我點點頭，失神的吃著粥。

「有誤會的話就快解開，我知道妳喜歡他，而我……也看得出來學長他好像喜歡妳。」

我沙啞的說：「……妳怎麼會知道我喜歡他？」

「因為，妳最近常常看著他的照片發呆啊！」她說：「只是，妳怎麼會以為我認為妳喜歡易銘學長啊？」

我吃粥的動作停止了，抬頭看她。

「因為妳下午的時候跟翊堯學長說……妳的決定會傷害到其他人，我不知道妳在抉擇著什麼，當下我以為妳口中所說的那個『其他人』指的是我……我就想說妳是不是誤會我喜歡易銘學長……」

蔓婷傻愣了一下，神情變得黯淡複雜，「不是，那個『其他人』指的不是妳。」

「嗯……」我繼續吃著粥，明明有點鹹味在我口中卻變得無味，即便難以下嚥，但我還是勉強將那碗粥給吃光。

現在這種心痛難受的心情，以前不曾有過，也意識到我是真的很喜歡翊堯學長，所以才會因為他對我說的那些話難過得要命。

難過到……好想死……

「我不相信，滾開！」

「以後不要再讓我看到妳。」

想起今天翊堯學長對我的咆哮，我的胸口又覺得痛了。

他完全不相信我喜歡的人是他，完全不相信……

社課時間，我因為心神不定，狀況不是很好，甚至不小心把海鹽加進巧克力蛋糕裡，小花學姊見狀，便要我回宿舍好好的休息。

我沒有拒絕，因為不願意再讓其他組員添上麻煩，於是我轉身跟社長說了一聲，便離開了社課教室。

但離開社課教室後，我並沒有回宿舍，只是毫無目的的在校園中走著，目光也四處觀望著。

不知不覺的，我走到了體育館裡，籃球場上不知道那個系的男生在打籃球，我遠遠的看到我們系上的男生聚集在角落那，看到李逸光那高挑的身高，還有易銘學長。

當目光在無意間尋找著那個人的同時，我赫然回過神，敲了敲自己的頭，要自己別再想了。

我在觀眾席那找了位置坐下，目光隨意的在籃球場上移動。

同時，我也看到了易銘學長。

我淺笑著，覺得自己好奇怪，那個身影明明是我幾個月前還在追尋的，現在卻彷彿就是風中的一片落葉一樣，輕輕的被吹撫過，水過無痕，毫無痕跡。

沉重的吐了口氣，我看著籃球場上，誰跟誰同隊我沒有仔細分辨，我的目光就只是望著那顆籃球。

待了十五分鐘左右，我的眼皮越來越沉重，當眼皮闔上的時候我嚇了一跳，身子一抖，差點從觀眾席那摔倒。

定神觀望著四周，接著我便起身打算離開。

當我走到門邊處，卻不知怎麼的，我又回頭望著籃球場。

系上的男生賣力的打著球，我凝視了一會兒後收回目光，或許是我的錯覺，總覺得好像有人在看我。

離開體育館後，我失神的走在校園中，就像遊魂一樣，頭重腳輕的飄著。

一直低頭望著地上走路的我，不小心被前方突來的身影給撞上，我整個跌到地上，眼冒金星。

「對不起對不起。」對方向我道歉，隨即快速的走掉。

我暈眩的看著地上，剛剛頭痛就算了，被這一撞，害得我肚子也開始痛了起來，一陣絞痛從腹部擴散到身上的神經，我壓著肚子，吃力的從地上爬起身，也不管暈眩的不適，打算趕緊加快腳步回到宿舍，卻在站起身的那一時刻，突然一陣昏白襲捲上來。

★

日子匆匆，這學期結束後我升上大學二年級，翊堯學長升上大學四年級。

升上二年級後，課業變得更加的重，我跟翊堯學長的交集越來越少，幾乎快接近於零了，卸下系學會幹部的他，已不會跑到系學會辦公室處了，從小花學姊那邊聽說，他正在準備研究所推甄。

在校園中，偶爾會遠遠的看到他的身影，他的頭髮依然染成搶眼的紅褐色，身影穿梭在樹影之間，伴隨著陽光灑落下來的光點，這個平凡的人不管走到哪裡，總是會惹來周圍注目的眼光。

而我總是望著他的身影，直到那身影消失在我的視野。

他瀟灑的身影，在不知不覺中，身邊多出了一名女生。

有時候會看到他和那名女生兩人坐在楓林大道的長椅上互相聊著天，女生的頭會輕輕的靠著他的肩膀或是胸膛，他們的手互相交疊緊握住，甜蜜的樣子讓人一看就得知他們的關係。

他總是裝作不認識我，即使迎面而來，目光僅會淡淡的瞥了我一眼，我曾經試圖要向翊堯學長打聲招呼，但他淡淡的回了一聲「嗯。」。

目光，已不像以前那樣子，現在他對我的目光就像是在看一位陌生人。

對他而言，我口中的那聲學長，純粹只是禮貌性的稱呼，就像剛進大學，遇到比自己年長的人都尊稱為學長姊一樣，一點感情都沒有。

他，也不再叫我小學妹了。

應該說，他已經不會搭理我，所以不會再叫我了。

因為受翊堯學長的影響，我也變得喜歡喝奶茶，有時心情鬱悶之時，總是會先喝上一杯溫奶茶，即使天氣炎熱，也會將奶茶加熱。

淡淡的茶香與奶香的味道混雜於舌尖，偶爾，我會想起那初吻的瞬間，每次想起那份悸動時，心上總是多了一份沉重與遺憾，胸口還是會微微抽痛，這疼痛卻是越來越深。

喜歡翊堯學長，喜歡了很久。

如果在他把我轟出系學會辦公室的那天，我緊緊的抓住他的手不放就好了，不論他想怎麼對我，我死都不放開就好了。

那天的記憶，在我腦中總是清晰的存在，翊堯學長臉上的表情與口中講出的字句，都清晰的存在我的腦中。

也存在著好深好深的遺憾。

我嘆了口氣，走到洗手台那將罐中剩餘的奶茶給倒掉，奶茶色混濁於水中，最後變成一灘淡茶色，我轉開水龍頭開始沖著，嘩啦嘩啦的水不一會兒就將奶茶給沖掉。

我垂著眼看著洗手台中，最後將水龍頭給栓好。

時間如水，無情的流逝追也追不回了……

身子震動的瞬間，我赫然張開眼睛。

當眼前所見之處逐漸清晰的同時，我也聞到了一股淡淡的藥水味，我手撫著頭，發現眼角有著淚水便趕緊用手背擦了擦。

原來是場夢，是個可怕又有點寫實的夢。

現在的我還是一年級，翊堯學長還是三年級，他還沒有要畢業，但算算日子也快了，再過一個月就要放暑假了，到時候我真的就升上了二年級，而他，也升上了四年級。

我看看四周，撐起身子。

一名穿著白衣的女子走上前，向我解釋著我的情形，「同學，妳剛剛暈倒在校園中，現在覺得好一點了嗎？」

「我暈倒？」她這一說，我才驚覺自己的腹部有點疼痛，翻開床單，上面一滴血漬，「那個……對不起，我……」

她笑了笑，「沒關係，醫務室的床單每隔一周都會清洗一次，妳現在打給妳同學，請她幫妳帶件褲子跟衛生棉過來，妳應該是失血過多才會暈倒的。」

「好，謝謝妳。」我拿起手機，撥打給蔓婷，沒多久她就來到了醫務室。

去廁所將褲子換掉後，肚子依舊覺得疼痛，因為痛到快要受不了，於是我跟醫務室小姐要了幾顆止痛藥再回宿舍。

「第一次這樣嗎？」蔓婷問。

我虛弱的點點頭，坐在床上，在腹部放了一個熱水袋，「可能……最近壓力太大了。」

「跟妳的情緒也有關係吧？」蔓婷直言不諱，她看著我：「妳跟翊堯學長還沒有和好？」

我搖了搖頭，苦笑。

「可以說給我聽聽嗎？」她問。

原本我猶豫著，但最後我還是全然攤開，包括我先前喜歡易銘學長的事。

蔓婷聽完後沉默，像是在思考什麼。

「妳說，我該怎麼辦才好？翊堯學長不相信我現在喜歡的人是他，但是我真的很喜歡他啊……」

我又忍不住哭了起來。

蔓婷抽了幾張衛生紙遞給我，「盈盈，妳知道為什麼翊堯學長會這麼生氣嗎？」

「因為他覺得我在利用他，他覺得我在說謊。」我說。

「不全然是這樣，有一半的原因是因為他真的很喜歡妳，所以他才這麼生氣。」

我垂下眼，「嗯……」

蔓婷苦笑，「其實我自己的煩惱都已經夠多了，卻在做我室友的感情顧問。」

「我也可以當妳的感情顧問啊！」我拍拍自己的胸口，但蔓婷只是微笑著，接著她罵了我一聲笨蛋後就走回她的書桌那。

稍晚，我傳了一封訊息給翊堯學長，說有話想要對他說，希望明天某個時刻可以約在楓林大道的長椅那邊，後面我還加了一句：我會等到他出現。

反覆看了幾次後我按下了傳送，直到睡覺前，他都沒有回傳訊息給我，就連已讀不回也沒有。

學長他……還在生氣嗎？

如果還在生氣的話，那他會不會來赴約呢？

隔天，訊息顯示已讀，我便確定他真的有看到訊息，於是我提前三十分鐘到長椅那等待，手上還特地買了兩杯溫奶茶，但一、兩個小時過去了，我都沒有看到他的身影。

我靜靜地坐在長椅上，雙眼失神的看著天空，直到天色轉黑，我才意識到自己竟然在這裡等了四個多小時。

我哭喪著臉，心中更是覺得灰心，不自覺的咬著下唇，眼眶慢慢的灼熱。

當意識到翊堯學長真的不再理我的同時，我真的好難受好難受。

撥打電話給他，無人接聽，我想他是故意不接我電話的。

難過的掉了幾滴淚水，我縮緊身子，又在那邊等了一個小時左右。

強風拍打著我的臉，髮絲亂飄，我心灰意冷，毫無焦距的眼神凝視著前方，這一個小時中眼淚掉了又停、停了又掉，我無聲哭泣了好幾次，卻等不到想見的他。

他，是真的再也不理我了。

★

我是失戀了吧？

戀情發芽了，卻被強行摘除掉，摘除掉的地方剩下一個空洞，就像我的心一樣，在那空洞著。

在期末考前三週遇到失戀的我，怎麼樣也讀不下書，強迫自己要好好的讀書，結果幾天過去了，進度只有兩成左右而已。

而且課本、筆記上所見之處的空白地方都用鉛筆寫著『許翊堯』的名字，看了心痛也心煩，我決定去書店買一整盒的橡皮擦回來擦，一下了這個決定後，我便馬上離開宿舍往書店走去。
購買橡皮擦的途中，經過書籤區，我看到了之前送給翊堯學長的禮物，看著看著，不自覺的也失神了，等我回過神的時候，我已經買了好幾張的楓葉書籤。
「盈盈，妳……？」
我一腳跨在椅子上，一腳站立在地上，微微蹲著身子拿著橡皮擦用力的擦著課本，聽到蔓婷的聲音我轉過頭來看她，她一臉要笑不笑的樣子，「妳在幹麼啦？這動作很粗魯欸！」
我無奈的將課本拿給她看，「妳要幫我擦嗎？」
「呃……」她愣了一下，「為什麼要擦？我覺得妳可以不用擦掉啊！」
「不擦掉的話我念不下書啊！」我抱怨著，雖然這都是自己寫的，該說自己是笨蛋嗎？
自從發現自己喜歡的人是翊堯學長後，只要想到他，不管是在教室或是寢室裡，我都會開始寫著他的名字，平常的時候都叫他學長，寫的時候也幻想著這三個字從自己的嘴裡說出的時候，不知道是怎樣的感覺？
唉，我一定是笨蛋無誤。
「我這邊有另外一本一模一樣的課本，不然妳就暫時拿這本讀好了。」她說：「這是我直屬的。」
我接過來翻了一下，決定放棄目前的工作，繼續讀書。
書籤上，在這幾天準備期末考的時間，也被我寫滿了他的名字，密密麻麻的，擠在楓葉圖案的旁邊。
唉，我真的真的不能再想他了。

因為每次只要一想到翊堯學長，我的眼淚就會流出來，我的心就會覺得好痛好痛，這每一次的每一次都會伴隨著滿滿的苦澀與心酸，全都擠在我的胸口上，散也散不去，壓得我每一次呼吸都覺得好難受。

「不要叫我學長，李佑盈，從現在開始我不再是妳的學長，妳也不再是我的學妹。」

那面無表情的神情訴說著這句話，看得讓我覺得心寒，一想到這句話，我的眼眶上的灼熱感又來了。

淚水悄悄的滴在書籤上，我回過神，趕緊將上面的眼淚給抹除，上面有幾個字被我的眼淚暈了開，我拿衛生紙壓了壓，最後無奈的望著書籤。

……學長，我到底要怎樣做你才肯原諒我？

眼淚又掉了幾滴，我快速的抹去淚水不想被室友發現，卻徒勞無功，因為那難受的情緒又湧上心頭上了，淚水越掉越多，到最後根本來不及抹去……

「別哭了啦……」發現我在掉淚的蔓婷上前遞了幾張衛生紙給我，我接過來將眼淚擦掉後，卻崩潰直接趴在桌上痛哭。

「盈盈，還是我幫妳跟學長說……？」

「不要。」我哽咽，無力的搖搖頭，「我會自己想辦法……」

接下來的生活伴著淚水與悲傷，我就像是被抽走靈魂的空殼，時不時的發呆，時不時的流淚，時不時的嘆氣。

就這樣越來越接近期末考，我無力的念著書，強迫自己要專注於準備考試上面，於是我把上課以外的時間，通通都獻給圖書館，把自己埋在於課業中。

「李佑盈，幫我交一下！」李逸光說完快速的將一張紙塞給我，我完全反應不過來，等到反應過來的時候他人早在遠方那對我揮著手，「交給系學會會長哦！」

我無語的瞪著他消失的方向，這人怎麼這樣啊？班代當成這樣子是怎樣？

低頭看著那張紙，是班會時的會議紀錄，我們班大約兩個月就開一次班會，班會內容大致上是向學校提出一些應該改進的地方。

他剛剛說要交到系學會辦公室，是嗎？

我看向蔓婷，「蔓婷，可不可以由妳交啊？」

蔓婷眨了眨眼睛，「是可以……不過……我覺得這是個機會欸……如果妳學長在的話，妳可以試著跟他再溝通看看啊！如果他不理妳，妳就把自己想對他說的話一口氣說完，然後拍拍屁股瀟灑離開。」

我無語的望著她，猶豫了一下，最後還是決定鼓起勇氣。

就如蔓婷所說的，如果翊堯學長依舊不理人，我就把該說的話說完然後走人。

深呼吸，我敲了幾下門，前來應門的是系學會會長。

「學長，我來交這個會議紀錄……」他低頭看了一下，「哦，妳幫我放在桌上就可以了。」說完後他與我擦肩而過走了出來，腳步很快，我猜想他應該是要去廁所。

再度往裡面探了頭，翊堯學長正橫躺在沙發上睡覺，我放輕腳步的將那份會議紀錄悄悄的放在辦公桌上後，目光凝視著翊堯學長。

好久沒有好好的看他了……

放輕腳步的走到他身邊然後蹲下身子，凝視著這張朝思暮想的臉時，我不禁又有種想流淚的感覺。

每見一次，心好像都會抽痛一次。

我從來就不知道，思念一個人是如此的難受，好喜歡他，喜歡到當他用厭惡的眼神望著我的同時，我的心好像浸置在強酸中，心臟漸漸的被腐蝕掉，融成一片一片、一滴一滴血肉模糊的痛，這些痛，即使用力的哭泣，它還是痛，因為上面滿是對他的思念。

不自覺中，我掉出了名為想念的淚水。

望著他，我偷偷的在心裡輕輕的叫了聲學長，想像著以前當我喚他時他對我露出的笑容，想像著他叫我小學妹時的神情，我眼光注視著他的面容，若不是因為他此刻正在睡覺，否則我根本就無法像現在這樣好好的看著他吧？

我抬起手，慢慢的伸向翊堯學長的臉，手指輕觸著他的濃眉、尖挺的鼻子，最後是那雙唇。

他的氣息輕輕的吐在我的手上，我看著看著，像被下詈一樣，臉不自覺的靠他越來越近，越來越近……

最後我偷偷的吻上他的唇，那柔軟的觸感與屬於他陽剛的氣息，在這一瞬間被我牢牢記住在心裡面。

我很高興自己的初吻對象是翊堯學長，這個讓我好喜歡好喜歡的人。

★

期末考的前一週，有些教授會開始勾選必考題，我將書籤紛紛放於有勾到必考題的內頁，五點下課後，準備離開教室繼續去圖書館念書的我突然被小花學姊給叫住。

「盈盈……」

聽到聲音我轉頭望，看到她笑笑的向我撲過來，我隱約從她身上的香水味中聞到一些酒味。

「學姊，妳、妳喝酒啊？」我微愣。

「喝一點點而已，我沒有醉哦！」她雙頰紅潤，對我笑了笑，看到我懷中抱著的課本，問：「剛剛上物理課呀？」

我點點頭，「嗯，我打算要去圖書館念書。」

「真認真呀……嘿嘿……」她勾著我的手，邊把我拉到系學會辦公室那。

我愣住，停下腳步，「學姊，我要去讀書……」

「走啦走啦，陪學姊喝一杯再去讀書。」

「可是我……」

她的臉突然湊近我，「我想聽妳跟阿堯的事。」

我心突然漏跳一拍，「……學姊，我跟翊堯學長之間沒什麼事啊……」我撒謊。

「怎麼可能？我大概知道你們的事了。」小花學姊看著我，「有事情就說出口，我們好歹是同一條直屬線，就說看看有什麼誤會嘛……」

我就這樣被小花學姊拖進系學會辦公室裡，在入門的那一瞬間，我原本以為會見到翊堯學長的，在沒看到他人影的同時也不禁鬆了一口氣。

「學姊，妳喝酒挑在這裡……不太好吧？」我看著矮桌上放置著幾罐啤酒，赫然發現易銘學長正趴睡在辦公桌那邊。

「會嗎？」小花學姊不以為意，將一杯啤酒塞到我的懷中，「我剛剛才陪秋易銘喝了一次酒，而且——」

辦公室門突然打開，是系學會會長，我驚嚇的望著他，小花學姊接下去說著：「妳不用擔心，有經過會長大人的同意啦！他自己也愛喝酒的說……」

系學會會長走到矮桌上拿走了一瓶啤酒，坐到剛剛學姊旁邊的位置上，小花見狀向前，「學長，不好意思，你可不可以坐那裡？」她指著辦公桌旁邊一張椅子。

會長蹙起眉頭，一臉乞丐趕廟公的表情，小花學姊一臉祈求樣，「我跟學妹要講祕密，學長拜託。」

他看了我一眼，然後起身，坐在那滑著手機。

「盈盈，坐下吧！」小花學姊拉我坐在沙發上，坐下後，我將課本放置在旁邊，並把啤酒還給她。

「我……我不喝酒的。」我說，小花學姊聽了便打算起身走去茶水間，我阻攔著她，說真的沒關係。

「那快點跟學姊說說你們的事呀！」

「我……」我遲疑，猶豫著。

小花學姊卻湊近臉，笑嘻嘻小聲的對我說：「盈盈，妳是不是喜歡他呀？」

「啊？」

「是不是？」她又更加的靠近。

我猶豫了幾秒，最終點了點頭。

此時小花學姊嘴角微笑到極限，「我還真沒有想到你們兩個會……嘿嘿嘿嘿……沒想到阿堯會對妳……嘿嘿嘿……」

我垂下眼睛，想說些什麼卻欲言又止。

就在此刻，門突然被打開，門口那翊堯學長面無表情的望著我們，我頓時瞪大眼睛，他突然的出現讓我措手不及，心臟在下一秒也越跳越快，空氣也在這一瞬間僵住。

「妳們——」他面無表情的目光掃了一下桌子上的那些瓶瓶罐罐，接著看向我跟小花學姊，冷光一閃，「妳們會不會太誇張了？」

「唉呦，學長，我們只是喝一下下而已，沒有太久，就只有那麼一下下……」小花學姊邊說邊舉起大拇指與食指比出一個小小的距離，她這話一說完，我感覺翊堯學長的臉色變得更加沉重。

「黎櫻花，身為學姊妳還這樣子？」翊堯學長的語氣更加冷淡。

小花學姊一臉不悅的站起身，「許翊堯，你吃炸藥啊？之前你明明——」

「學姊！」我拉住她的手制止她繼續講下去，然後跟學長道歉：「學長對不起，我們馬上離開。」

「盈盈，幹麼離開？我有經過會長的同意欸！」

「別說了學姊，我們離開吧！」我快速的將矮桌上的瓶子收拾好，然後帶著小花學姊離開那裡。

從收拾東西到離開，我都能感受到翊堯學長那冷冽的注視，而我也知道他是故意針對我的。

「吼！實在搞不懂欸！」小花學姊一臉生氣，「他更年期是不是？」

我無力的笑，卻顯得失落。

「哼！明天有時間再去找他開罵！」

「不用啦……」

「盈盈，妳也別一直委屈求全，該反抗的時候還是該反抗。」小花學姊拿出手機看了看，「好，我不說了，我要跟我男朋友去吃晚餐了。」

「嗯，學姊再見。」

「再見！」

我對她揮了揮手後，往宿舍走去，走沒幾步卻突然發現課本遺留在系學會辦公室那裡，原本打算要折返回去的我，一想到剛剛翊堯學長的那冷冽態度，心想還是明天找個時間去拿好了。

唉……

淚已經流乾了，已經不會像上星期那樣崩潰狂流了，但還是會有些難受。

時間是治療的解藥，也許就是在應證這句話吧，我想。

隔天，我用力的深呼吸後，敲了敲門，當聽到裡頭傳來一聲『請進』後，我打開了門。

翊堯學長從筆電中抬起頭淡淡瞥了我一眼，而後低頭繼續望著筆電螢幕。

「學長，我……昨天不小心把課本遺留在這裡了……」他的冷淡，讓我有些害怕，我努力繼續說下去：「所以我來拿回我的課本……」

翊堯學長什麼也沒說，伸出手指了一個方向，我望過去，看到我的課本好端端的放在矮桌上面。

書封上貼著我的姓名貼，當我拿起的時候，裡頭有張書籤掉落在地，頓時之間我整個頭皮發麻！

連忙撿起那張書籤後開始在矮桌上快速的翻閱著這本課本，有幾頁的內頁裡寫了翊堯學長的名字，邊翻的同時我心裡也邊想著：應該沒有人翻過這本課本吧？應該沒有人翻過這本課本吧？應該沒有人翻過這本課本吧？

早知道昨天就馬上衝回來拿啊啊啊！

我邊翻著邊檢查裡頭的書籤數目，算來算去就是少了一張！

心急如焚的我臉瞬間發燙，緊張的再度翻一次課本，就是找不到剩下的那張書籤，而且我還發現有幾張書籤並沒有放置在我原本放的內頁裡，意識到有人翻過這本書的同時，有一股熱直衝我的腦子，衝得我腦中一片空白，完全無法思考。

會不會過個幾天，系上的人就開始傳言說一年級的李佑盈喜歡翊堯學長？

一想到這，我慌張到心臟整個都快要跳出來了！

微微彎著腰，檢查著地上有沒有遺落的那張書籤，卻找不到。

我真的死定了我！怎麼辦？怎麼辦啊啊？

用力的深呼吸，我緊張到手都麻木出汗，強迫自己冷靜下來，對自己說著就算有人看到了書籤，也不會知道那是誰寫的。

沒錯！還好我沒有畫個雨傘，然後兩邊寫上我和翊堯學長的名字，我是該慶幸這點，但卻好想哭。

我咬著下唇，裝作若無其事的闔上課本，打算原本就此離開的我，卻看到翊堯學長不知道什麼時候站在我身邊。

我慌張的抬頭看著他，他垂下眼看著我。

「學、學長？」我害怕又怯怯的說，他一把抓住我的臂彎，往上提起將我的身子拉直。

翊堯學長的雙眼直直的盯著我，沙啞的說：「妳說妳喜歡我，是嗎？」

我愣愣的看著他，這突如其來的一切讓我還無法反應過來。
「是嗎？」他又問了一次。
這次，我點了點頭，卻出不了聲，喉嚨那好像有個東西卡住，迫使我無法好好的發出聲音。
對，我喜歡你，我真的好喜歡你。
我想對他說這句話，但此刻的我卻說不出口。
困窘點頭的同時也感受到他的身子靠近，我難為情的別過頭，害羞的不敢望著他。
翊堯學長一手捧著我的臉，把我的頭給扳回來，當對上他的那雙眼的同時我的耳根子也順道一紅，憑直覺的想倒退一步，他卻突然傾身低頭。
唇上很輕的一吻，好像被羽毛給輕撫過。
我呆呆的望著他，臉又變得比剛剛還要燙紅。
「妳要怎麼證明妳喜歡我？」翊堯學長低聲問，我們的距離近到差一公分就鼻尖相碰。
如此近的距離讓我幾乎快要無法呼吸，渾身好像有電流直竄過，電得我渾身發麻，我是可以倒退一步的，但雙腳像生了根，動也動不了。
「說啊！妳要怎麼證明妳喜歡我？」翊堯學長又問了一次，同時也又靠近了我，我幾乎可以從他眼眸中清楚的看到我的臉。
我緊張的望著他，他臉越靠越近的意思是在暗示我什麼嗎？
再這樣下去我幾乎快要暈倒了，那麻木不仁的雙手緊緊握成拳，鼓起勇氣將臉緩慢的靠近他，最後將唇貼了上去，才微微擦過他的唇，我又快速的倒退！
臉紅到不能再紅，此刻不僅臉是燙的，耳朵是燙的，就連整顆頭也是燙的！我都覺得自己的腦漿快被煮沸了！

我紅著臉看著他，發麻的右手摀住自己的唇。

「就這樣？」他微微挑眉，看似有點不滿意。

「我……我又不會接吻……」我說，躲避著他凝視著我的視線。

他輕聲笑了笑，我納悶的回望他，他充滿笑意的對我說：「我又沒有叫妳親我。」

接著，他拿起了我放在矮桌上的課本，隨意的翻了幾頁，我的眼睛也越瞪越大。

「拿這給我看不就行了？不管是誰，看到一本書上面寫上了好多自己的名字，任誰看了也會相信吧？」他抽起裡面的一張書籤，故意在我面前晃了晃，我真的丟臉到想找個洞躲起來，永世都不出來。

「書籤上一堆，連課本內頁也有一些。」翊堯學長勾起嘴角，「小學妹，妳就這麼喜歡我呀？」

我紅著臉，不知道該說什麼，只能瞪著他，看到他從胸前的口袋中拿出那張我一直找不到的書籤，我不禁倒抽了一口氣。

原來是被他拿走了！害我剛剛一直找不到！

「再加上……」他放下課本，臉再度湊近，「沒想到妳膽子還蠻大的，連我在睡覺的時候也敢偷襲……」

我眼睛越瞪越大，臉依舊持續脹紅，「為、為什麼你——」話沒問完，他漫不經心的指了指門上的方向，我望過去，是一台監視器。

我傻住，當下真的超級想把給自己打暈的！這樣一來，我就不用在這邊紅著臉害羞的看著他把我做的蠢事全然攤開。

「恰巧最近這裡丟了東西，調出監視器畫面我才知道自己被人給偷親，那個角度把妳的臉拍得清清楚楚，把妳對我做的事也拍得清清楚楚，妳想賴也賴不掉。」他說：「小學妹，妳覺得……我們這筆帳該怎麼算？嗯？」

他要跟我算帳？

我看著他，依舊不說話，他到底是還有沒有在生我的氣？他到底氣消了沒有？這些問題從剛剛到現在我就一直在心中反覆的問著。

「說話啊！為什麼不說話？」他還故意挑釁的捏了捏我的臉。

「……學長，你……還在生氣嗎？」我怯怯的問，在我問完這問題的那一瞬間，鼻不禁酸了，淚腺也開始分泌淚水。

他停下捏我臉的動作，看著我的臉，神情有點複雜，沉默了一陣，他說：「我……對妳太兇了，對不對？」

我沒有回答他，但淚水卻滑落了。

「對不起，我真的沒有想到妳會喜歡我。」他沉著聲音說：「但在前兩個禮拜，我是真的很生氣。」

「對不起……」我說，眼淚越掉越兇。

他抹去我的淚水，「該說對不起的是我。」

我搖搖頭，哽咽的說：「我很早就發現自己喜歡學長了，只是我一直不敢說，因為我好怕你會不相信，好怕你會把我推開，同時間你又一直幫我湊合我跟易銘學長，我真的覺得好難過，不知道該怎麼辦才好……結果我好不容易說了我喜歡的人是你但你又不相信……還兇我……」

連日來的壓力讓我一鼓作氣的釋放出來，我邊說眼淚邊流。

「好，不要哭了，都是我的錯。」翊堯學長不停的抹去我的淚水，不厭其煩的安慰著我，哭到最後，我也累了。

我坐在沙發休息，原本打算離開的我卻被翊堯學長強制留下，他繼續望著筆電螢幕打著報告，說等等要送我回宿舍。

等著等著，我不知不覺睡著，當察覺到有人輕拍著我的臉時，我才緩緩的睜開眼睛。

「小學妹，醒來囉！」

翊堯學長對我笑著，看著他的笑容，我呆住了，以為自己在作夢。

因為，真的好久沒有看到他笑了……

我失神，下一秒因為翊堯學長捏我而回過神。

「恩麻捏偶（幹麼捏我）？」

「妳很可愛，欠捏啊！」他說，同時把我從沙發上拉起來。

見他大言不慚的說話，我無言了一下，此時他的手機鈴聲響了起來，他拿起來看了一眼，卻沒有接。

「妳書讀得怎樣？受我影響應該沒有讀好吧？」

「嗯……」

「哪一科？不會是全部嗎？」

「大致上還好啦！只有專業科目比較讓我頭痛……」我說。

「這樣啊……」他沉思半秒，「看妳這幾天什麼時候有空，我幫妳做考前惡補，免得被當因為擋修而無法修課。」翊堯學長邊將門上鎖，期間他的手機鈴聲也不斷的響著，但他卻沒有要接起的意思。

我在他身後默默的點了點頭，突然一陣大聲的聲音從電梯的方向那傳來，只見小花學姊兇巴巴的邁步過來，後面還跟著看似要阻攔她卻阻攔不住的男朋友。

「許翊堯！你為什麼不接我電話？」她大吼著。

我跟翊堯學長面面相覷，反應過來後我便擋在翊堯學長的前面。

「盈盈，妳不要護著他啦！」小花學姊說。

「沒有啦！學姊！妳冷靜一下！」我說：「如果妳是因為我而來找學長出氣的，那不用了，我跟學長已經談開了。」

「談開？」

「嗯。」我點點頭。

小花學姊一臉不信的看著我，又看向我身後的翊堯學長，她問：「所以你們在一起了？」

「啊？」我楞然，什麼在一起？

身後的翊堯學長一把抓住我的手，將我往他的方向拉，「在一起又怎樣？黎櫻花，妳嗓門還是這麼大，吵死了。」

「還不是因為昨天的事讓我氣到不行！你昨天那什麼態度嘛？」小花學姊看著我，兇狠的態度馬上收斂起來，她笑笑的對我說：「盈盈，下次若再受委屈的話，學姊教妳一招。」她的笑容變得不寒而慄，「直接踢他下面。」

我瞪大眼睛，有必要這麼狠嗎？

「妳不要亂教她！」翊堯學長不悅的牽起我的手，往前走去，「閃人了啦！掰！」

「學姊，謝謝妳，掰……」我話還沒有說話，就被拉進了電梯裡。

翊堯學長用力的按了電梯鍵，嘴中邊碎碎唸：「黎櫻花這個女人實在越來越瘋了……」

我低頭看著被他牽著的右手，屬於我的小手輕輕的被包覆在他的大手中，溫暖的就像整顆心被他小心翼翼的捧著一樣，那樣輕柔的疼惜著。

「學長。」

「嗯？」他看向我。

「我們……有在一起嗎？」我眨了眨眼睛。

翊堯學長一愣，然後往我靠了過來，他的右手緩慢掠過我的臉頰撐在我身後的電梯牆，臉越靠越近。

這……這個動作……這是壁咚啊！

「妳怎麼會問這種蠢問題？」他瞇起眼睛，勾起要笑不笑的嘴角。

「啊？就……」

「妳喜歡我，我喜歡妳，在一起不是天經地義嗎？」

這麼霸道的話此刻從他嘴裡說出，竟讓我覺得他格外的帥氣，頓時之間我整個人還真的被他的雙眼給電到。

我緊張的看著他的臉離我越來越近，一個壞笑在他臉上浮現。

接著，電梯門緩緩打開，翊堯學長同時愣住而忘記收回他此刻的動作。

於是，電梯門外的幾位學生就看到帥氣的翊堯學長正在電梯裡面壁咚著某位學妹……

「幹……」翊堯學長罵了一聲，趕緊收回動作然後把我牽出電梯外。

在經過電梯外那些人的時候，我不禁緊張的低著頭，怎樣都不敢抬起頭來……

這件事情在今日過後，還真不知道會怎樣傳。

第九章　戀愛ING

期末考在翊堯學長的幫助下，順利考完，當寫完最後一科的同時，我大大鬆了一口氣。

考完試後，我和蔓婷兩人從工學院的教室走出。

「就她啦！聽說她跟翊堯學長在一起。」

「搞什麼啊？為什麼翊堯學長會喜歡這種貨色？如果是旁邊那位我看還差不多呢……」

「會不會是她倒貼學長啊？還是她對學長下藥？逼得學長要對她負責。」

「天啊……好不要臉哦……」

我臉色瞬間鐵青，看著那些三姑六婆的方向，我整個無言到極點。

她們的想像力會不會太厲害了？

蔓婷說著勾起我的手，「那叫忌妒，有夠無聊的，吃不到葡萄說葡萄酸，走，我們去吃午餐。」

「欸，李佑盈，聽說妳跟翊堯學長在一起哦？有人看到學長在電梯裡面對妳壁咚欸。」

「你們什麼時候在一起的啊？」

「果然是近水樓台先得月，直屬學長嘛！」

班上也少不了有幾位八卦者，以這位——

「李佑盈！妳竟然跟我的偶像在一起，妳會不會太超過了啦？」以這位李逸光更為誇張，原本我跟翊堯學長在一起可能只是十幾個人會知道的事，被他這樣一宣揚，短短幾天，班上每個人都知道了。

我正色的看著李逸光，「超過？為什麼會太超過？」

「他是大家的偶像啊！妳這樣自己獨吞對得起大家嗎？」

「李逸光你很無聊欸。」蔓婷直接對他翻了白眼。

從剛剛到現在，受到別人的指指點點，實在快要令我受不了了！

我伸出手指指著李逸光，「你！有種就來跟我搶啊！」

周圍的人紛紛往我們這看過來。

「搶？搶什麼？」李逸光問。

「搶翊堯學長啊！你不是說我太超過？有種就來跟我搶啊！」氣死我！我要讓他知道我的厲害！

「要搶我啊？」突然，一個不屬於這裡的聲音幽幽的傳了過來，大家的目光紛紛往聲音的來源看過去，只見翊堯學長一手抵著下巴，微歪著頭笑著，「原來我這麼受你們的歡迎啊！」

大多數的人倒抽一口氣，我瞪大眼睛，伸出的手就那樣定格在空氣中，而李逸光的下巴簡直快要掉下來了。

翊堯學長神色自若的走到我面前，對著那位腦袋已經空白的李逸光說：「學弟，你要搶我啊？上次跟我要簽名照的是你吧？」

李逸光這小子竟然有點臉紅，他困窘的結巴，「學長，我、我、我很崇拜你啊……」

周圍的人開始竊竊私語，甚至有人李逸光是不是根本就喜歡翊堯學長。

這可不關我的事，這個坑是他自己跳下去的。

「崇拜就好，再更進一步可就……有點不太行了。」翊堯學長僵笑著說。

「學長，你真的跟李佑盈在交往啊？」周圍人群中，有人很大膽的問出這個問題。

翊堯學長收起笑臉，「學妹，妳問這問題的意思是……？」

聽起來確實是疑惑的語氣，但這語氣中隱隱約約夾帶著警告，像是在說：關妳什麼事？

那位隔壁班同學也很有勇氣的繼續說：「大家只是想要證實一下這謠言是不是真的而已。」

「哦？」翊堯學長一臉大悟，然後沉下臉說：「但是證實這做什麼？是謠言，或者不是謠言，對妳們會有什麼影響嗎？」

那位同學瞬間閉嘴，大家也都察覺到情形不對，各個安靜下來。

我愣愣的看著翊堯學長，身邊的蔓婷也皺起眉頭。

「小學妹。」翊堯學長突然繞到我身後，然後雙手從我身後環抱住我，頭輕輕的靠在我的頸肩上，讓我瞬間嚇到。

周圍的同學也都傻了眼，呆愣的看著我們倆，而我整個也腦袋空白，翊堯學長還故意將身上一半的重量往我身上攬，然後從後面推著我走。

「學、學長，你、你很重欸……」我的腳一拐一拐的前進，有幾步差點因為不穩而跌倒，翊堯學長的雙手牢牢的從後面抱著我讓我免於跌倒。

「這就是甜蜜的負荷啊！」

「啊？」這大言不慚的話讓我無言，臉也紅了起來。

「小學妹，學長有話對妳說。」遠離人群後，他說。

「什麼話？」我問，什麼話不能好好說，為什麼要這樣子走路？弄得好像七爺八爺一樣歪來歪去的。

他停下腳步，放開了我，然後將我的身子轉過來與他面對面。

「別人說什麼，妳不要放在心上，什麼配不配？適不適合？這些答案我們自己知道就好，別管別人怎樣想。」

「……嗯。」我點點頭。

「有聽進去嗎？」

「有。」

「沒辦法，妳學長我人太紅了，大家都搶著要。」他湊近，「妳會不會覺得很委屈？」

瞬間無言，我還真的不知道要回他什麼話。

翊堯學長勾起嘴角，笑著摸了摸我的頭，「就這樣，妳趕快去吃飯吧！」

「嗯。」

「要跟我分開都不會覺得捨不得嗎？」

頓時又覺得無言，但這次得說出話了，「學長，你……真的好自戀。」

沒想到翊堯學長卻笑著：「但妳不是喜歡嗎？」

我頂著紅通通的臉，走到蔓婷身邊，雙手摀著臉頰，賭定剛剛翊堯學長絕對絕對是故意的！也不知道他這樣做是在幫我還是在害我。

「你們……好閃啊……」蔓婷說，我抿了唇，發覺周遭還是有很多人注視著我。

「別說了……走啦！我們去吃飯。」要趕快離開這個是非之地，我實在受不了這樣被人指指點點的！

★

很幸運的，我跟蔓婷都有抽到學校宿舍，而其他兩位室友則在外面一起租一間小套房。大學第一年結束，過幾天即將迎接暑假了。

「盈盈，妳暑假有計畫要去哪裡玩嗎？」

我想了想，搖頭。

「妳學長沒有約妳去哪裡嗎？」

我又搖了搖頭，「他要推甄研究所，暑假都會待在實驗室裡面做專題，而我要回老家，基本上暑假兩個月……應該是沒有時間見面吧，我想。」

蔓婷停下手邊的動作，凝視著我，眼神中透漏著說不出來的情緒。

「妳，不會覺得寂寞嗎？」

「啊？」

「兩個月還好，但若之後妳學長畢業要去別的學校念研究所，妳怎麼辦啊？遠距離的戀情……妳不會覺得沒有安全感嗎？」

我眨了眨眼睛，蔓婷清澈的雙眼中好像隱藏著什麼，卻又看不清。

「蔓婷，妳——」我話還沒說完，她就自己在那邊笑起來：「我……我在說什麼啊？離學長畢業還有一年的時間，而且你們才剛在一起，根本不會想到那麼遠去，妳不要理我，我只是突然有感而發。」

我滿臉疑惑的看著她把話題轉到別處，但那笑容裡頭似乎夾帶著一些說不出來的苦澀。

於是，我開口問了蔓婷：「蔓婷，妳跟易銘學長之間還好嗎？」

「啊？我跟他之間？」

「妳可不要說妳不知道他喜歡妳。」我正色。
「嗯……」蔓婷沉默了一下，臉色變得沉重。
稍後她緩緩開口，我靜靜的聽著。
從她嘴裡吐出來的字字句句，這些字字句句所拼湊出來的又是屬於另外一個故事了。

★

宿舍裡面的人開始一一的打包回家，人數越來越少，使得晚上的宿舍比平日還要來的安靜。
當我們吃完晚餐回到宿舍，翊堯學長打了電話過來，我遲疑了一會兒才接起，也不知道為什麼學長會選在這時刻打來。
『小學妹。』他說：『妳在宿舍嗎？』
「嗯，學長有什麼事嗎？」我說。
『可以出來陽台一下嗎？』
我像是想到什麼似的睜大眼睛，偷偷的往窗口的方向走過去。
「為什麼要去陽台啊？」我偷偷掀起一角窗廉，果然看到男宿的正對面寢室外正站著一個人，見到翊堯學長身影的同時，我趕緊將窗簾拉好。
『我想看看妳啊！另外，我也想知道妳住哪間房。』他幽幽的說。
「呃……都已經要搬離宿舍了，沒什麼好看的。」
『又不是要看妳的寢室，我是要看妳這個人好嗎？』
「學長……」我啞巴吃黃蓮，有苦說不清啊！

我開啟擴音器來，向室友拼命搖頭，用唇語說：幫幫我。

「但是，真的沒什麼好看的啊！」我說：「我……我就長那樣啊！」

『什麼妳就長那樣子啊？只不過出來陽台而已，有什麼難的？』

「學長，我、我也想出去，但是我——」我聽到一陣聲音，看到蔓婷在我面前撥電話給我，我得救似的趕緊說：「學長，我現在突然有插播，我等等再打給你，掰掰！」

說完馬上闔上手機，我用力的喘了喘，一臉感激的看向蔓婷，「蔓婷，謝了。」

「這麼甜蜜？他看妳妳看他的？幹麼不出去給他看一下啊？」小珠說。

我搖了搖頭，「妳們忘記望遠鏡事件了嗎？我死都不要讓他知道我是拿望遠鏡偷窺他的那位學妹……」

沒聽過翊堯學長在我面前提過這件事，希望他是真的忘記了……

「妳就跟隔壁寢借一下陽台啊！這不就解決了？」蔓婷說。

我一臉大悟，不禁激動的向前抱住她：「蔓婷，妳真的好聰明哦！」

語畢，我衝出寢室，向其他寢室的同學借陽台，好不容易借到了陽台，翊堯學長的手機卻無人接聽。

我撥打了兩次，最後緩緩的走回自己的寢室，約莫過了一分鐘，他打回給我。

『小學妹，趁門禁時間還沒到，要不要出來？』

我往電梯跑去，走出宿舍後遠遠看到他站在宿舍前面那片草原上，抬著頭不知道在看什麼。

「學長。」我走向他。

「啊？妳來啦？」他收起目光。

「你在看什麼？」我順著他剛剛的目光看過去，他在看我們女宿？

「沒在看什麼，只是想到去年發生的一件事。」

「什麼事啊？」我問。

他看著我，勾起嘴角，「小學妹，妳老實告訴學長，當妳得知學校的宿舍是設計成男宿女宿正面對面的時候，妳第一個想法是什麼？」

我瞪大眼睛，搖頭，「想法？沒有什麼想法啊！」我傻笑著，心中卻自問自己：該不會翊堯學長發現什麼了吧？

他是在說望遠鏡的事情嗎？

他發現那個學妹是我了嗎？應該不可能吧……

「妳這什麼表情？」

「沒有啊……哈哈哈……」裝傻裝傻，我什麼都不知道，我什麼都不知道。

翊堯學長看著我，輕笑了一下，一把牽起我的手，他和我的十隻手指頭輕輕的相扣在一起，掌心與掌心相觸，兩隻不同人的手竟是那麼服貼。

我微微訝異著，從小到大，除了爸爸還有跳舞課被老師逼著跟男生手牽手之外，我沒有和任何一個男生牽過手，更不知道和喜歡的人牽手是什麼的感覺。

夏天的夜晚，偶爾會有微風吹過，但整體上還是悶熱，手掌上沾了一層薄到看不見的汗水，汗水蒸發又凝出，我幾乎可以從翊堯學長的手上感受到夏天的躲藏。

翊堯學長的手，體溫比我略高，卻又讓人捨不得放開，好像每次牽手，心都會感受到微微的暖意。

在校園漫步的走著，最後走到了楓林大道上，夏天的楓樹已長滿著嫩綠色的葉子，我突然想到那天在保健室裡做的夢。

夢中翊堯學長和別的女生親暱的靠在一起，兩人坐在長椅上看同一本書的畫面突然竄入到我的腦中。

明明是個不切實際的夢，但那畫面卻讓我不禁緊握著這隻手，好像怕他下一秒會抽離。

「怎麼了？」察覺異樣的翊堯學長轉身問我。

「沒、沒事……」我別過頭。

他停下腳步，「妳是想到……我上次放妳鴿子的事嗎？」

他這一說我才想到那件我想約他出來解釋但他沒有前來赴約的事情。

「妳那天等了多久？」他看著我，問。

「我……有點忘記了。」其實我隱約記得有五個多小時。

「那天我有出現，但妳應該沒有發現，因為我只是遠遠的在旁邊看妳。」他指了指一棵大樹後面。

我微微驚訝，「你……你為什麼不來找我？」

「我很生氣啊。」他輕描淡寫的說：「而且，那時候我不能保證我可以很理性的跟妳說話，可能講沒幾句就把妳罵哭了吧？」

我抿著嘴，「學長，如果……我沒有不小心遺留那本課本，而你也不曾看過那本課本，你到現在……還是會生我的氣對不對？還是不相信我喜歡你對不對？」

他想了想，「……確實有這可能。」

聽到他的話，我感到失落，該說這一切是命運的安排嗎？

命運若沒有注定要讓我們兩個解開誤會而在一起，那麼那些偶發的事情也不會發生了，如果我沒有在課本上面寫上那麼多學長的名字、如果我沒有不小心遺漏課本而被學長看到，又加上如果我根本沒有勇氣偷吻學長、如果他沒有調閱監視器發現我的行為……

我漸漸的抽離那隻和他牽在一起的手，竟感到莫名的空虛感。

「但是，小學妹。」他重新握起我的手，勾起嘴角，「總有一天，我還是會發現的吧？到時候就算妳不再喜歡我了，我也會把妳追回來的。」

那凝視我的眼神，與那聽起來不似玩笑的正經口吻，讓我忍不住直盯著他。

「但你明明都要把我推給易銘學長了……」我一臉不信。

「我在做那些事情的同時，心裡也很難受，好嗎？妳問問班上的女生，有哪個直屬學長會幫自己的直屬學妹追學長的？但最後想想，如果秋易銘最後的選擇是妳的話，我會更加不爽我自己，因為他跟你交往的理由絕對不是因為喜歡妳。」他又補充：「當然啦！我也知道秋易銘不會是這樣的人，而且——」

「而且？」

他遲疑了一下，「現在說應該沒差了吧？是秋易銘跟我說妳喜歡我的。」

我睜大眼睛，「什麼!?」

「所以我才說我遲早會發現的吧？」他態度神色自若。

我低下頭，腦中一片混亂，我是該感謝易銘學長嗎？但他明明答應我說會裝作不知道的啊！

「如果妳沒有遺留那本課本，也許秋易銘之後會發現我跟妳冷戰，然後就會告訴我……這也是有可能的事。」

我垂頭喪氣，不禁鼓起腮幫子。

「妳那天到底等了我多久？」他又問了一次。

「五個多小時吧。」我回答，一臉埋怨的看著他，「甚至邊等邊哭，慘不能睹。」

「所以這裡對妳來說有不好的回憶囉？」

遲疑了一下，我才回答：「當然啦……」

說完見他突然壞笑，我不自覺的往後退一步，「學長，你想幹麼？」

每當見到他有這表情的時候，我就覺得有點不太對勁，總覺得他腦中藏了很多壞主意，這傢伙又想對我做什麼事了？

我還特地回頭看了一下，這邊沒有牆，他不能對我壁咚的。

同時我漸漸抽離我的手，他卻又抓回去。

「妳在躲什麼啊？我又不會對妳做什麼。」翊堯學長失笑。

「呃……，學長，我宿舍的門禁時間要到了，得趕快回去了。」誰知道你到底會不會對我做什麼啊？

我說完後往宿舍方向走去，但學長卻突然從後面一把抱住我。

「啊——」當背後被貼緊的那一剎那，我臉上發麻，臉紅個澈底。

「小學妹，快放暑假了，妳都不會想跟我在一起嗎？」我瞬間起雞皮疙瘩，因為他竟然在我的耳邊吐氣說話！搔得我耳朵癢，身子整個僵硬發麻！

還說不會對我做什麼!?

我摀住耳朵，用力的深呼吸，等待雞皮疙瘩消失後轉頭瞪著他，沒想到他的表情看起來就像在玩一個很好玩的玩具一樣。

我啞然的看著他，這樣對學妹很好玩嗎？

「好啦，送妳回宿舍。」他笑著：「哈哈哈，妳的反應真的好有趣。」

我看著他，總覺得自己未來的那些日子要被他欺負了……

★

過兩天，我回到了家中，怕暑假兩個月的日子太閒沒事做，我還特地在家附近找了份打工。這份短期打工是在咖啡廳裡面，老闆人很好，雖然我應徵的職位是服務生，但有時候也可以跟著師傅一起做蛋糕，加上我大學社團是烹飪社的，老闆自然很放心讓我一起參與。

自從參加烹飪社，當看到人們臉上因為吃到我做的東西而揚起微笑時，心裡也會欣喜個一整天，臉上的微笑也掛上一整天，永不散去。

當我把做好的蛋糕端到冰箱的時候，突然想到翊堯學長，趁著老闆轉身離開的時候，我偷偷的把手機拿出來看一下，然後失望的塞回口袋。

翊堯學長最近因為實驗在忙，有時候等個回覆都要等上一整天，而且回覆的時間都在半夜，可見他真的很忙吧。

風鈴聲響起，一位客人點了一杯奶茶和一塊蛋糕，過幾分鐘後，我將奶茶和蛋糕送到那個人的桌上，腦中突然有個想法。

「師傅，你有沒有做過奶茶蛋糕？」回到櫃台時，我偷偷的問起師傅。

「有，妳想學？」師傅是一位年過四十的大嬸，人挺好相處的，而且跟老闆一樣對我們照顧有加。

「介不介意給我食譜？我想回去做做看。」我拜託著。

「可以啊！晚點再給妳。」師傅豪邁的答應了我，「要做給男朋友的嗎？」

「呃……」我不好意思的笑了笑。

「妳不要以為我沒看到妳上班在偷看手機，看不到一秒而已，我就睜一隻眼閉一隻眼當作沒看到。」

「呃……謝謝啊，好啦！以後不敢了，我以後上班會乖乖的。」沒想到會被抓包，我只好這樣說。

當天打工結束後，我特地去購買製作蛋糕需要用的材料，然後看著師傅給的食譜，一個人默默的在餐桌那邊摸索。

過了三個小時，香噴噴不斷誘發出奶香氣的蛋糕出爐了，我興奮的看著，為自己感到自豪，加入烹飪社果真是對了！

「好香啊！什麼味道啊？」從玄關那傳來聲音，我放下蛋糕，往玄關那走去，是姊姊回來了。

「姊姊！」我開心的跑到她面前，姊姊在國外就讀大學，平時我回家的時候根本就見不到她，而且久久也才聯絡一次，我真的好久沒看到她了。

「佑盈！」她向我撲過來給了我一個擁抱，我們快要一年沒見面的姊妹一聊，話匣子就停不下來了。

「我都不知道妳參加烹飪社欸！好厲害哦！」她看著桌上的蛋糕，眼睛閃閃發光，好似羨慕，

「妳怎麼會參加烹飪社啊?」

「當初,是想跟一個學長告白,所以才會參加烹飪社的。」

「結果呢?有告白成功嗎?」

「沒有。」我輕搖頭。

「啊?他不喜歡妳嗎?」

「不是啦!結果……我喜歡上另外一個學長,所以自然就沒有跟原先那位學長告白囉。」

「然後呢?妳有跟另外一個學長在一起嗎?」

我害羞的點點頭。

「哇?想不到我們家的佑盈長大了,一進大學就談戀愛。」姊姊輕推了推我,曖昧的對我笑,「帶給姊姊看,看到底是哪位人士跟我們家佑盈在交往。」

「唉呦……姊姊,我們也才剛在一起沒多久,若現在就帶給妳看,會不會太快啊?」而且,說不定會把翊堯學長給嚇跑。

「那……有沒有照片?」姊姊笑嘻嘻,「讓我看一下照片。」

我拿出手機,又想到什麼似的收起,「沒有欸,我這學長他不愛拍照的,所以沒有他的照片。」是有一張他的睡覺面容,但給姊姊看的話她應該覺得很奇怪吧?

「啊?你們也沒有合照啊?」

「沒有。」

姊姊一臉奇怪的表情看著我。

姊姊大我兩歲,名字叫李語楓,詩情畫意的名字跟我的名字相比起來實在好聽許多。

她從以前到現在就有個夢想，就是成為攝影師，想要拍出美麗的照片，將平凡的事物拍成一張張引人注目的美麗。

在她國中的時候，她就開始存錢打工，那時的她一直想要買一台屬於自己的相機，在高中時期總算買到了她人生中的第一台相機，就開始拿著那台相機到處亂拍，而在她高三的那一年，她還去參加了攝影比賽而得到了全縣第二名。

大學如她所願的就讀國外大學著名的設計學院，天天與攝影為舞，而且她還跟了一位國際攝影大師，常常四處跑、四處捕捉著美麗的鏡頭。

看到姊姊樂於自己的興趣，身為妹妹的她也打從心底為她開心。

「這蛋糕借我拍，好不好？」她指著奶茶蛋糕。

「好啊！」我一說完，她就拿出她的單眼相機開始對著奶茶蛋糕狂拍，快門不斷的按。

「妳今天怎麼會做蛋糕啊？」她抬頭問：「在練習做給男朋友嗎？」

「嗯，妳說對了！」我笑笑的說。

「真甜蜜啊！」她突然把單眼鏡頭轉到我身上，然後對我拍了一張。

「姊！幹麼拍我啦!?」

姊姊低頭看著剛剛拍我的那張影像，「果然，幸福可以使女人變得美麗呢！佑盈，妳變得比我上次見到妳時還要漂亮。」

「有、有嗎？」

「有啊！看妳這樣，我也好想談戀愛。」她感嘆了一下，「真好欸，有男朋友。」

姊姊之前有交過兩任男朋友，但卻因為她的興趣是跟著攝影大師常常跑來跑去的，有時候想要聯絡卻找不到人，所以那兩任男朋友最後也都因為這原因而提分手。

「妳在國外念書，帥哥不是很多嗎？照理說應該會有豔遇啊！」

「為了拍照方便，我經常穿著牛仔褲跟上衣，臉都不化妝，加上風吹日曬雨淋的皮膚又差，哪會有什麼豔遇啊？那些男人應該都被我嚇跑了吧？」她說：「我真的很好奇妳男朋友是個怎樣的人，妳可以多講講他的事情嗎？」

「他啊……算是個蠻有趣的學長，長得蠻帥的，對直屬學妹很好，甚至疼愛有加，缺點就是有時候會有點自戀。」

「自戀？」

「他會故意說自己的人氣很好、崇拜自己的人很多之類的，而且妳如果說他帥，他會直接說他知道。」

姊姊笑了開，「這麼有趣啊？改天真的要帶給我看一下，讓我看看到底是誰可以擄走妳的芳心。」

「呃……」我不禁有點臉紅。

「妳很喜歡他？」姊姊輕輕的推了推我，眼神往蛋糕點了一下，「還做蛋糕給他啊？」

「很……喜歡啊。」在自己親姊姊面前承認自己喜歡翊堯學長，這種感受還真說不上來。

「多喜歡啊？」

「如果他不理我，我可能會哭死吧。」我說。

「哭死？」

「反正，就是很喜歡很喜歡就是了。」

「嗯，看來我的妹妹長大了，快一年不見，不僅人變漂亮了，而且還談了戀愛。」姊姊邊說著摸了摸我的頭。

「姊姊，妳別嘲笑我了。」我故意嘟起嘴。

「我沒有嘲笑妳，姊姊在為妳高興。」然後，她又趁這時候偷拍了我一張。

我跟姊姊的感情很好，在她回來家裡的這段時間，我們晚上都會擠在一張床上睡覺，邊聊著這一年來的點點滴滴，然後慢慢的進入夢鄉。

每一夜都會如此，不過大多的時間都是由她說話，她會講著她在國外遇到的事情，會分享著她對一些事情的看法，她的獨立與看事情的角度，都是我想學習的地方。

★

姊姊在家裡待了一個月的時間，又出國去了。

而我的生活依舊是打工，偶爾會買一些食材回家做甜點或是料理，將在烹飪社所學到的東西做出來給爸媽享用。

翊堯學長還是很忙碌，大約兩三天才會跟我聯絡一次，只是都是傳訊息而不是打電話，而我只要每做一份料理，就會拍照傳給他看，對於我的訊息他都會回覆，只是有時候會回的比較晚。

聯繫著我們之間的那些訊息，即使只有短短的幾個字，卻讓我覺得很開心，感到無比幸福。

這天，當我傳完訊息正準備要入睡的時候，他回傳了。

整個暑假完全沒有碰到兩人同時都在線上的我，這時睡意完全消失，也趕緊回傳訊息給他，專注著手機螢幕上，但等了幾分鐘他卻沒回覆，當我以為他不會回覆而想將手機收起來的時候，手機鈴聲卻突然響了起來。

我嚇了一跳，不禁覺得興奮，接起來後降低音量跟他說話：「學長。」

『小學妹，還不快睡覺，都半夜快一點了。』

那睽違一個多月才聽到的聲音，讓我不禁有些的感動，彷若一股魔力，穿透我耳裡，沿著神經蔓延到我的胸口。

「我正要睡。」我笑說。

『那就趕快睡覺。』

「嗯。」

『真的要睡哦！』

「好，我知道。」

『那晚安。』

「嗯，晚安。」

手機闔上的時候，我卻好像還可以聽到他聲音似的，留戀的看著手機。

他輕輕的一聲晚安，平穩帶點磁性的聲音，讓我睡得比平日還要安穩。

★

轉眼間，開學了。

提前幾天回到了學校，我在宿舍將行李整理完畢後，一個人走出了宿舍，看著校園中一些穿著背心的導生學長與學姊帶著新進的大一新生，不禁有點懷念一年前的我。

那時候的我，對即將來臨的大學生活是如此的期待與害怕，因為搬離了家裡，一個人居住在離家好幾公里外的學校，脫離了父母庇護的翅膀，一個人來到人生地不熟的地方開始我的大學生活。

迎著刺眼的眼光，我瞇起眼睛抬頭望向男生宿舍，也想到當時我還誇張的帶了望遠鏡來，說是要當個獵人，好好的尋找著獵物。

結果，過了一年，獵物是獵到了，但總覺得是我自己被對方給獵走，在那些數不清的日子中，心在不知不覺中被他獵走，等回神的時候，他早已深深的刻在自己的心上。

我輕吐了一口氣。

好想他哦……

真的，真的好想翊堯學長。

昨天是有跟翊堯學長說我今天會回校，但他到現在都已讀不回，我猜想他應該又是忙於實驗中了，或是忙到手機沒電自己都不知道。

我一個人走去圖書館，在書架上面拿了一本小說，就這樣，我一直看著小說，直到看完闔上書後，我才發現外面的太陽已快要下山，橘紅夕陽的光線斜斜的照進圖書館中，偶爾細看有些灰塵在飄動，加上逢暑假的圖書館中只有四、五個人坐在座位上看書，好像整間圖書館的時間都被人給鎖住一樣。

我靜悄悄的離開座位，將小說拿去書櫃上放好，放好後卻聽到對面的書櫃那有人輕聲說話的聲音，我突然定神凝聽，然後放輕腳步的慢慢的繞到後面那。

當看到那個身影的同時，我內心突然波濤洶湧，大潮一陣一陣的向我襲捲而來。

相思之情，就是這麼一回事吧？當很想很想一個人卻見不到他，等到見到他的時候，那沉落的心卻突然被拋高，如此的振奮。

翊堯學長輕聲的講著手機，目光不停的在書櫃上找尋著。

「可能是圖書館網頁的資料有誤，我找到再跟你說好了。」他闔上手機，沒有發現我的繼續找尋他要的書。

「學長……」我小聲的喚他。

他赫然轉過頭，「小學妹？」同時，他臉上吃驚，然後打了自己的頭，「啊，對吼，我忘了妳今天要回學校。」

我凝視著他，看著這個讓我想了整個暑假的身影。

「對不起，我太忙了。」他一臉歉意的向我走過來，然後直接將我擁入懷裡，雙臂緊緊的環住我的腰際，屬於他的味道直撲我的鼻腔，我這才知道原來他人真的就在我眼前。

我伸出手，也回抱著他，相擁的這期間，彷彿如隔世。

★

升上大二，課業變得比大一更加忙碌，忙到去社團的時間越來越少，到最後只有社課時間才會出現在社團中而已。

翊堯學長為了推甄研究所依舊忙碌，但他還是會抽空陪我，有時候我們也會相約一起去圖書館看書。

升上大四的他卸下了系學會的幹部，所以我也不能像以前那樣偶爾就跑去系學會辦公室找他了，在工學院見面的次數也因此大大減少。

在一日，我突然想到了暑假曾經做過的奶茶蛋糕，於是開始籌備一個計畫，在某天帶著自己買的食材，跟社長借了社課教室的鑰匙後往烹飪教室走去。

『親愛的學長，拜託拜託，今天晚上六點請準時來到烹飪教室找我，一定要來哦！啾咪！』

傳完訊息沒多久，他就傳來一個『好』字，於是我穿上圍裙，開始著手進行製作奶茶蛋糕，準備要給他一個驚喜。

忙碌了兩個小時後，蛋糕總算順利完成，我滿意的看著自己的作品，邊等待著翊堯學長的到來。

今天其實是翊堯學長的生日，只是不知道他有沒有記得，會不會忙到連自己的生日都忘記了？或是系上他的同學們已經在幫他慶生了？

等著等著，六點的時候他並沒有出現，倒是傳來了訊息說會晚到，我在那大約又等了十五分鐘，才看到翊堯學長拿著一塊毛巾，邊擦拭著頭髮邊走進來，而且他身上的襯衫還扣錯扣子。

「我真是交了一堆損友。」他一進門就唸著。

「怎麼了啊？」

「剛剛我趕完實驗走出實驗室，卻被一群不知道在門外等多久的人架起，然後一堆刮鬍泡抹到我身上，甚至還把我架到水池那邊，二話不說的就把我丟下去。」他說：「回宿舍洗澡的時候，好不容易洗完了秋易銘那小子又從門上丟了一整包的麵粉，整個麵粉加上水，一坨又一坨的害我洗超久的！」

我看著他狼狽的樣子，不禁噗哧一聲。

「小學妹，妳在笑我嗎？」他瞇起眼睛看我。

我收起微笑，指了指，「學長，你扣子扣錯了。」

他低頭一看，然後將扣子全都打開再重扣，扣完後看著桌上的蛋糕，「給我的？」

「嗯。」

「什麼口味啊？」他傾身向前，聞了聞。

「奶茶。」我裂嘴笑，「厲害吧？哈哈哈，你最愛的奶茶哦！我把它做成蛋糕。」

翊堯學長牽起嘴角，當他伸手要直接挖取蛋糕的時候，我阻止了他，然後拿出手機來，「學長，我知道你不喜歡拍照，但今天是你生日，可不可以讓我拍一張啊？」我祈求著，還故意眨了眨眼睛。

翊堯學長凝視著我，「……嗯，好。」

我一驚，「真的？」

他點點頭。「嗯。」

「你是認真的嗎？」我確認著，他會不會剛剛被丟進水池然後被冷到頭腦燒到不正常？

他點點頭，我伸出手摸了摸他的額頭確認有沒有在發燒。

「就說可以給妳拍了嘛！妳是我的女朋友，我當然給妳拍。」

「我怕你等等會後悔啊！到時候又刪了照片。」

「不會刪。」

「真的？」

「妳再不拍我就要開始挖蛋糕了。」他蹙眉。

「好好，等我一下。」

於是我開心的拍了他幾張照片，拍完正要將手機收起來的時候，他說了一句：「妳不跟我拍嗎？女、朋、友？」

「可以嗎？」我的臉也因為他後面那加重語氣的三個字而稍微臉紅。
「不要拉倒。」
「要！」我迅速的衝到他身邊，然後拍了好幾張。
「滿意了嗎？小學妹。」拍完後，他低聲問。
「嗯。」我低頭將手機收好，抬起頭的時候臉頰卻突然有軟綿綿的異樣觸感，轉頭一看，看到翊堯學長他竟然就那樣徒手直接挖掘蛋糕，還故意把奶油抹到我臉上。
「學長！」
「欸，還蠻好吃的欸！」他邊把蛋糕往嘴裡塞，也在我嘴中塞了一口，「妳跟黎櫻花都參加了烹飪社，結果妳的手藝卻比她還要好。」
「小花學姊的手藝也很好，只是好吃的她應該都給她男朋友吃。」我找出濕紙巾，讓他擦手。
「那妳也是好吃的都給我吃嗎？」翊堯學長看著我，我嘿嘿笑，不想回答這問題。
突然，他又往我臉上抹了一口奶油。
「學長，你可以不要這樣糟蹋食物嗎？」還有，不要這樣玩我的臉好不好?
翊堯學長舔了舔他手上的奶油，勾起嘴角，一臉邪惡的笑容，「好啊！」
我瞪大眼睛，警覺似的往後退，在想他要對我做什麼事的同時，他雙手捧住我的臉，直接吻上來。
急促卻不失溫柔的吻，雖然並不是第一次接吻，但相較於之前的蜻蜓點水，卻是第一次被人這樣吻著，綿綿密密的吻中，還夾帶著奶油的潤滑與香味，我整個臉越來越紅、越來越紅。
不知道怎麼回應，只能站在那呆呆的被吻著，翊堯學長還故意舔了舔我嘴角上的奶油，當這個吻結束的時候，我呆若木雞的望著他。

「沒有人接吻的時候眼睛是張開的吧？」他輕笑。

說著，他又塞了一塊蛋糕在我嘴中。

看他作勢又要吻上來的同時，我伸手摀住自己的嘴，紅著臉看著他。

「小學妹，今天是我生日欸。」他瞇起眼睛，壞笑著。

「生日了不起啊？」我哼了聲。

他笑了笑，「好，看妳臉紅成這樣，我不鬧妳了。」

我會臉紅是誰害的？我瞪著他。

第十章　有你的每一天

週末回到家的時候，我接到了姊姊的電話。

『佑盈，妳可以去我房間的桌上幫我找張名片嗎？』

我在她桌上找到了她想要的那張名片，用手機拍了照後，我傳送給她。

隨後我收起手機，轉身準備離開姊姊的房間時，目光卻被她牆上一張張的作品給吸引過去。

姊姊房間的牆上掛上了好多她自高中以來所拍的照片，每張照片都被錶框起來，但其實這每張照片我都看過了，更知道她第一次拿去參賽而拿到全縣第二名的照片是哪張。

那張照片是一個穿著高中制服的男孩，靜靜的站在火紅的楓樹前，男孩的目光沒有看著鏡頭，而是望著我們所不知道的遠方，臉上看似寂寞，照片標題為《寂》。

……翊堯學長？

我愣在那，眨了眨眼睛確認自己沒有認錯後，回頭從姊姊的書櫃中找出她的高中畢冊，翻到了姊姊的班級開始尋找著，很快的就被我找到了高中時期的翊堯學長。

那時候的他還是黑髮，看似稚嫩的臉龐，照片中的他面無表情的看著鏡頭。

我用力的吐了一口氣，過了一會兒才強迫自己接受這個事實。

這世界是如此的小，原來翊堯學長跟姊姊是高中同學。

「只是，我不拍照的欸。」

「你不拍照？」

「他就是不喜歡被拍，以前大一的時候若看到旁邊有人偷拍他，他都會很兇的請對方將照片刪掉，比起大一，現在態度比較好了，看到有人偷拍的話直接掉頭走人，或是用東西擋住臉，也不會兇別人，而拍照或合照的話當然還是很抗拒，現在升到大三，周圍的人也都知道他不喜歡被拍，也就沒有人勉強他了。」

為什麼不喜歡拍照的翊堯學長會願意給姊姊拍？

「就說可以給妳拍了嘛！妳是我的女朋友，我當然給妳拍。」

到底是為什麼啊？

我再次回撥給姊姊，但手機已經進入語音信箱了，失落的收回手機後，目光開始看著姊姊高中班上的生活照。

翊堯學長的照片真的少之又少，其中有一張是姊姊強行拉著他的上衣要他注視著鏡頭的照片。

我看著那張照片，不禁恍神。

所有有關翊堯學長的照片，只有這張照片他的身邊是有女生的，而那位女生是我的姊姊。

楓……

楓，是姊姊的名字。

卻也是翊堯學長喜歡的東西。

這樣的巧合，讓我真的很難不聯想在一起。

翊堯學長會喜歡楓葉，是因為姊姊的關係嗎？他會喜歡我，是因為我長得跟姊姊有點像嗎？所以，他喜歡姊姊嗎？

自從跟學長在一起，我從來沒有問過他為什麼會喜歡我，如果他跟我在一起的原因真的是我所想像的那樣，那我該怎麼辦？

想到這，我掉出了淚水，闔上姊姊的高中畢冊，收好後並迅速離開。

這天晚上我並沒有睡好，輾轉難眠，整個晚上腦中映上的是姊姊高中畢冊裡那張她與翊堯學長一起合照的照片……

那張刺眼，又讓我心微微抽痛的照片。

★

「妳的黑眼圈是怎麼一回事啊？小學妹，妳該不會想了我一整夜都沒睡吧？」學餐裡，我和翊堯學長面對面坐著。

搭早上的車回來學校，原本打算在車上補眠的我，卻還是睡不著。

此時，我面無表情的看著翊堯學長，極為悶悶不樂。

輕嘆了一口氣，我凝視著他，開了口：「學長，為什麼你會喜歡我？」

「啊？」他挑眉。

「我長相普通、一點氣質也沒有、身材也沒有特別好、又是個笨蛋，我實在想不到身上有哪裡可以吸引你的地方，學長，你到底為什麼會喜歡我啊？」

我在心中接下去說：是因為我長得跟你以前喜歡的人很像嗎？

「小學妹，妳怎麼突然問這個？」

「我想要知道這問題的答案啊！」我說。

他摸了摸下巴，思索著，「……這個問題看似深奧，但其實很簡單，妳覺得喜歡一個人需要理由嗎？」

「啊？」

「那我反問妳，妳喜歡我身上什麼地方？」

我看著他，然後低下了頭，「……我不知道。」

「不知道，但就是喜歡，對吧？」翊堯學長接下去說，「所以，妳覺得喜歡一個人需要理由嗎？」

「需要啊……」我咕噥。

「為什麼需要？難不成當對方在未來的某一天，當初喜歡的這個理由不見了，妳就不再喜歡對方了嗎？」

我整個不知道該說什麼。

將喝完的奶茶推到前面，我猶豫著，最後看著翊堯學長，深呼吸，「學長，你知道李語楓嗎？」

「啊？誰？」

「李語楓。」我又說了一次。

「李語楓？」他想了想，「我之前高中的時候班上是有位女生叫李語楓，怎麼了？妳認識她？」

「她是我姊姊。」

我平淡的說完，翊堯學長卻瞪大眼睛，「……她是妳姊姊!?」

「嗯，她是我姊姊。」我看著翊堯學長一臉驚呼失措，心卻越來越覺得寒冷。

「原來如此，妳這樣一說我突然覺得妳們長得有點像。」他看著我說。

「學長，你高中是不是喜歡我姊姊？」說這句話的同時，我眼淚幾乎快要流出來了。

翊堯學長啞然的看著我，「……妳怎麼會這樣想？」

「我翻過你們的畢冊了，你所有的合照中，撇除男生不說，所有的女生你就只有跟我姊姊一起合照過，你會喜歡我是不是因為我跟姊姊長得很像……？」我說完這句話，眼淚就滑落了下來。

「小學妹，我——」他似乎想解釋著什麼，但我已經聽不下去了。

「我不理你了啦！」我站起身，直接衝出學餐，拔腿往宿舍跑去。

只是叫翊堯學長說出個他喜歡我的理由，有這麼難說出口嗎？

如果他真的是因為姊姊的關係而喜歡我，那我從頭到尾豈不是一個影子嗎？

我邊跑，眼淚邊掉落，直到快到宿舍的時候，身後突然傳來一個聲音。

「李佑盈，你給我站住！」

我加快腳步，卻被翊堯學長從身後給抓住，他喘著氣，「欸，妳幹麼不把我要說的話聽完啊？」

「我不要聽。」我直接用力咬住他抓我的那隻手，趁他慘叫的時候推開他，快速的跑進宿舍。

「怎麼回事啊？」就任宿舍幹部的蔓婷在舍監處站起身，一臉茫然的看著我和被玻璃門阻攔在外的翊堯學長。

「沒有，我要回房間了。」我擦擦眼淚。

她看著翊堯學長，「妳跟學長吵架啊？」

「不要理他！」我氣急敗壞的按了按電梯，然後走了進去。

★

一回到寢室，我就抱著棉被，將自己埋在棉被裡面掉眼淚。

雖然我還沒有確認事情是不是真的是我想的那樣子，但我又很怕真相真的是我所想的那樣子。

如果真的是這樣子，我該怎麼辦？

不久，我聽到了寢室開門聲，接著聽到腳步聲，我從床上起身，轉頭想看是哪位室友，結果卻在看到人的時候瞪大眼睛！

翊堯學長神色自若的從我的書桌底下拿出一個盒子，然後看著裡面的東西，一副了然的樣子。

「你……你為什麼可以進來這裡？」我傻眼。

「填寫訪客申請書就進來了啊！小學妹，原來妳就是偷窺我的那位學妹啊？」他把望遠鏡拿出來在我面前晃了晃，我瞪大著眼睛。

為什麼……他會知道？我被出賣了？

「你不要亂碰我東西！」我生氣。

「好，我不碰。」他將望遠鏡收回去，然後靠近我。

「你到底為什麼可以進來女宿？這裡男生禁止通行欸！」我不禁尖叫。

「小學妹，聲音小聲一點，不然大家都知道妳藏了一位男生。」他神色自若的將食指比在唇上。

我瞪著他，想到現在舍監處的人是蔓婷，但是以蔓婷公私分明的個性應該不會讓他進來啊！

「你為什麼可以進來這裡？」我又問了一次。

「我剛說了啊！我填寫訪客申請單。」他將訪客背心脫了下來，在我面前晃了晃。

「這時間訪客只能是親屬，你又不是我的親屬！」

「誰說我不是？」

「你本來就不是！」我作勢要把他給推出去，但無奈力氣比他小，整個人被扣住在門上。

「小學妹，妳知不知道我剛剛為了追妳小腿還撞到學餐的桌腳？」他臉越靠越近，「妳要怎麼賠我？」

「賠你個頭啦！你出去！我不想看到你——」瞬間，他一手摀住我的嘴巴，我瞪著他，想掙脫卻掙脫不了，他整個人將我鎖在門跟他之間。

「我先解釋一下妳自己以為的事情，我喜歡妳關妳姊姊什麼事？妳以為我是因為妳跟妳姊姊長得很像所以喜歡妳的嗎？我又沒有喜歡過妳姊姊我幹麼做這種事⁉我承認高中時期我是有喜歡的人，但並不是妳姊姊，好嗎？」

我瞪大眼睛看著他，停止了掙扎，他見狀也鬆開了我的嘴。

「那為什麼不愛拍照的你，會給我姊姊拍？」我沙啞的問。

「妳以為我願意啊？我當初根本就不願意，她一直求我，走到哪裡求到哪裡，連我去男廁也不放過我！求到最後還求到我家裡去了！最後她對我說：如果她得獎了，獎金通通送給我，如果她沒得獎，也會想盡辦法湊到獎金的錢，比賽結果妳應該知道吧？她好像得到了前三名，獎金如她所說的，通通都給了我。」

「妳喜歡楓葉，不是因為她嗎？」我又說。

「楓？」他整個無言，「……就只是因為她名字有個楓字嗎？小學妹，妳偶像劇會不會看太多了？我會喜歡楓葉根本不關她的事情，好嗎？是我自己喜歡楓葉的。」

我愣愣的看著他，一字一句的吸收他對我所說的話，「真的嗎？」

「我騙妳幹麼？」

我眨了眨眼睛，原來，真的是自己想太多了……

「害我撞到小腿，又咬了我一口，現在又害我冒著危險偷偷潛入女宿。」他扣住我的下巴，「小學妹，我們是不是要算帳？哦，還有，妳到底拿望遠鏡偷窺我幾次了？」

我作勢要扳開他的手，卻被他用力扯掉。

「你少自戀了，我望遠鏡根本就不是要偷窺你。」我撒謊。

「不是偷窺我？不然你在偷窺別的男生嗎？」他的聲音隱藏著殺氣。

我用力哼了一聲，不說話。

「我很不高興。」他冷漠的正色，「不高興妳沒聽我解釋完就跑走，讓人在後面這樣追著跑很好玩嗎？」

「學長……」我看著他受傷的表情，胸口好悶。

「所以妳根本就不相信我，是嗎？」

「我不是不相信你，我是不相信我自己！因為我實在想不出自己哪裡比別人優秀，優秀到可以讓你喜歡我，你會喜歡我的理由，我想來想去就是想不明白。」

「……啊？」

他冷漠的表情變得無奈，「……小學妹，妳記不記得我先前對妳說過的話？」

「我跟妳說過，我們交往適不適合，不是由別人來決定，是我們自己決定，妳為什麼要跟別人做比較呢？」

「我——」

「下次再這樣，我真的要生氣了，到時候就真的再也不理妳了哦？」他一把捏住我的臉，「聽到沒有？」

「聽到了……對不起。」我說。

他撿起剛剛被他丟到旁邊的訪客背心，自嘲著，「為了不要讓妳的雙眼哭瞎，我還偷偷潛入妳們女宿，真是！」

「……對不起啦！」

「嗯？」他斜眼看著我，「所以妳拿望遠鏡偷窺哪一個男生？」

「……」這個人一定要求到答案才肯放過我嗎？

我無奈的說：「是你。」

「有看到什麼嗎？」

「看到你引以為傲的身材，還有貼在陽台欄杆上面寫著『學妹，看夠沒？』的字條。」

他輕笑了一聲，「還有嗎？」

「看到那張字條後我的魂都跑光了，你覺得我還敢繼續看嗎？」我說：「之後望遠鏡就收起來了啦！」

翊堯學長別有意味的看著我，「……小學妹，妳真的好好玩啊！」

「什麼我好好玩？」我瞪了他一眼，「你要不要趕快出去啊？我怕你被抓欸！」

最後，我拉著翊堯學長往逃生門後面的樓梯下去，然後在舍監處領回他的學生證。

「你們……真的是……」蔓婷將翊堯學長的學生證交給我，「有誤會就好好解開，是吵什麼架啊？幫我罵罵妳學長，訪客申請單竟然給我亂填，害我又要重新幫他填一次！」

「亂填？」我納悶，「他怎麼亂填？」

「我明明叫他寫妳表哥，沒想到他——」蔓婷講到這又突然住嘴，「那個，妳送妳學長回去吧。」

「什麼？對了，妳怎麼可以把望遠鏡的事情跟他說？」我有點不悅，「妳不是答應我不會跟他說的嗎？」

「我沒有跟他說望遠鏡的事情啊！」蔓婷笑了笑，「我只是跟他說……妳書桌下藏了一個東西而已。」

「蔓婷！」

「盈盈，不是我在說妳，妳真的不能這樣子！他有話要對妳說妳就好好讓他說啊！要是學長他之後生氣不想對妳解釋這一切我看妳怎麼辦？誤會解不開的下場是什麼妳知道嗎？你們倆會漸行漸遠。」

結果，我反而被蔓婷給教訓一頓。

「好啦……」我咕噥，「那我去找學長了。」

「好好跟學長道歉，看得出來他真的很珍惜妳，為了不要讓妳一個人傷心，還偷偷潛入我們女宿，妳看他多偉大？」

「好啦……我知道了啦！」輕吐了一口氣，我緩緩的走到翊堯學長身邊，將學生證還給他。

「學長，你的學生證。」

「嗯。」他接了過去，然後拿出皮夾放在裡頭。

「學長，為什麼蔓婷說你訪客申請單亂填？」

「亂填？」他納悶，「我沒有亂填啊！」

「她說她叫你填我的表哥。」

「哦……好像是吧？不過我不是填表哥。」他一臉不悅，「我才不要當妳的表哥咧！」

「你不填表哥你填什麼啊？你也不能填我的堂哥或是哥哥啊！姓又跟我不一樣。」我疑惑的看著他，「你到底填什麼啊？」

「我填……」翊堯學長話講一半突然哈哈大笑，笑到不能自我。

我納悶的看著他在女宿面前大笑，整個無言。

「你填什麼啊？」我又問一次。

他停止笑，悄悄的到我耳邊輕輕的吐出兩個字，我頓時傻住，看著他的笑容，我羞得想躲起來。

「學長——！」

他怎麼可以這樣亂寫啊？

★

秋天來臨，楓林大道上再度染上一片火紅，我雙手各拿著一瓶溫奶茶，小跑步的往長椅走去。

我走到翊堯學長面前，將其中一瓶奶茶遞給他，然後自己坐在他旁邊，小心的一口接著一口喝。

「學長，我剛剛突然想到一件事情。」

「什麼事情？」他抬頭看著我。

「大一下學期惹你生氣的那時候，我在校園中暈倒了……」我話還沒說完，他就打斷我，「我知道。」

「你、你知道我暈倒？」

翊堯學長神色自若的點了頭，「因為是我抱妳去保健室的。」

我不禁驚訝，「你怎麼不告訴我啊？」我想起那時候感受到的那道視線，原來是翊堯學長。

「有什麼好說的？」他看著我，「說妳的體重爆肥到讓我差一點抱不起來嗎？」

「我那時候哪有爆肥啊？你不要亂說話好不好⁉」

「嗯哼。」他悶哼一聲，「所以，妳暈倒了，然後呢？」

「我暈倒的期間，做了一個夢。」

「什麼夢？」

「我夢到我們兩個就那樣形同陌路，你不理我，看見了我也裝作不認識我，我跟你打了招呼你也都冷淡的回應，然後，你還交了一個漂亮的女朋友，整天都坐在長椅這邊兩個人在那邊不顧旁人的眼光親親我我的，看得我好傷心啊！」我說完看著他，他卻一臉無言。

接著，舉起手往我的額頭敲了一下，「無聊。」

「哪裡無聊啊？」我摀著額頭，「感覺很真實欸！」

他挑眉看著我，「哪裡真實？」

「就——」我瞬間閉嘴，不想跟他吵了，每次吵都吵輸，算了。

無奈的看了他一眼，我決定乖乖安靜的喝我的奶茶，大約沉默了五分鐘左右，然後感受到椅子的稍微震動，我轉身看著翊堯學長，發現他往我這靠了過來。

「學長？」

翊堯學長將他手上的書闔起，一個詭異的笑容浮現，「妳剛剛講的夢好像真的有那麼一點點寫實哦！」

「哪裡寫實？」我挑眉，反問他。

「妳不是說妳看到我跟我女朋友兩人在長椅上不顧別人的眼光在那親親我我的嗎？嗯？」

我瞪大眼睛，差點咬到自己的舌頭，「學長，光天化日下你……？」

他、他想幹麼？

「小學妹，這就該怪妳了，沒事做那什麼鬼夢？」

「我那時候就——」我站起身，他將我拉回去，甚至直接讓我坐在他大腿上。

我不敢置信的看著他，這傢伙還真的要實現『不顧別人的眼光在那親親我我』嗎？我想離開他的大腿無奈手卻被他抓緊緊的，現在大白天，他實在是——

除了想要閃死其他人甚至還搞個妨礙風化啊！

於是，我把奶茶放到一旁，雙手直接摀住自己的臉，想說這樣大家就看不到我的長相，也就不知道是誰了。

要丟臉就讓翊堯學長去丟好了，話說這個又自戀又厚臉皮的傢伙一向我行我素，臉皮厚到根本就不知道『丟臉』兩字怎麼寫。

「妳幹麼遮住自己的臉？」他輕聲笑。

掙脫了幾下，最後我從他身上跳下，一臉紅通通的看著他，「學長，你可不可以不要這樣子啊？有礙於大家的眼睛健康啊！」

他起身，佯裝不知情，「我怎樣子？」

「就——」算了，不跟他吵，我手指著椅子，「你乖乖坐著看你的書，讓我靜靜的坐在旁邊，可以嗎？」

他點了頭，而當我坐回去的時候他身子又突然靠了過來，甚至還在我臉上親一口。

「學長——！」我摸著他親過的臉頰，臉又瞬間脹紅。

「小學妹，妳的臉是石蕊試紙嗎？怎麼每次親每次臉必紅啊？」他嘻笑著，「好好玩。」

我瞪著他，「你再這樣我就要走了。」

「好、好……」他妥協，之後也就真的在那邊乖乖的看書。

喝完奶茶後，我靜靜的觀察著他的側臉，然後不自覺的揚起微笑來。

進大學以前，我就決定要當獵人獵個男朋友，很誇張的我還去買了望遠鏡來，也許真的是緣分吧！結果我們真的在一起了，只是到底誰獵上了誰，也不知道怎麼說。

不論怎樣，現在的我很喜歡他，雖然他總是很愛欺負我，但卻又很疼愛我。

過去，有他的每一天我的情緒都因此而受他影響，他生氣，我就會難過，他高興，我就會開心。

但未來，有他的每一天我想我會因此而感到幸福。

即使他之後畢了業遠去別的地方念研究所，即使無法天天見到面，即使會想他想得要死，但因為有了他，我覺得每一秒都有幸福的感覺。

「學長。」我突然叫道。

「嗯？」

「我好喜歡你。」

「啊？」

「哈哈哈，你自己也還不是會臉紅！」

番外　訪客申請單上的親屬關係

「學妹，可以讓我進去嗎？」許翊堯無奈的將臉貼在玻璃門上，望著舍監處的蘇蔓婷。

「學長，不好意思哦！女宿這邊禁止男生進入。」

「不是有什麼訪客申請嗎？讓我填一下。」

「訪客申請？但是，訪客的身分必須是學生的親屬才能申請欸！」蘇蔓婷看著他，「學長，你的身分恐怕不符合哦。」

「我的身分為什麼會不符合？」許翊堯有點不悅。

「需要是親屬才可以做訪客申請。」蘇蔓婷又解釋了一次，「學長，你跟盈盈怎麼了啊？」

「那個笨蛋，現在一定在寢室裡面哭，如果我不趕緊解釋的話，她的眼睛會被她哭瞎啊！」

蘇蔓婷無言，但也很為難，「但學長，我真的不能讓你進來……」

「拜託嘛……學妹，妳忍心看到妳室友一直哭嗎？」

蘇蔓婷蹙眉，「她哭也是你害的啊。」

「所以我現在要去阻止她哭泣啊！不然她明天眼睛腫的跟小籠包一樣大。」

小籠包？

這倒是有可能。

蘇蔓婷還是被說服了，她垂著頭想了想，「學長，這樣好了，你將學生證給我，然後在訪客申請證明書上面的親屬稱呼寫表哥，你就假裝是盈盈的表哥，這樣可以嗎？」

「學妹真是冰雪聰明啊！」許翊堯拿出學生證給她，然後在訪客申請書上面快速的填寫好資料。

蘇蔓婷將一件深藍色的背心遞給他，「學長請你穿上這件，這是訪客進來需要穿的。」

「妳跟那個笨蛋住在哪一寢啊？」

蘇蔓婷看著他，微笑更深了，「學長，我們的寢室就在你們寢室的正對面的九樓。」

許翊堯有點愣了，他瞇起眼睛望著她，「……妳怎麼知道我跟秋易銘住在哪一寢啊？」

「這是盈盈跟我說的。」蘇蔓婷提醒，「學長你只剩下九分半。」

「她跟妳說的？但我從沒告訴她我住在哪一間寢室啊！」他納悶。

蘇蔓婷看著他，決定出賣自己的好友，「學長，你等等進去的時候，最靠近窗邊的那個位置是盈盈的，你可以看她在書桌底下的盒子裡藏了什麼，或許你就會知道答案了。」

許翊堯楞然，思索著蘇蔓婷的話。

「學長，時間一分一秒的流逝，提醒你你只剩下九分鐘。」

「嗯好，謝啦，學妹。」

看著許翊堯走進了電梯，蘇蔓婷看著許翊堯剛剛交給他的訪客申請單，無言了好幾秒。

他……竟然直接在親屬關係那邊寫著『丈夫』兩個字。

才交往三個多月，婚也還沒求，怎麼馬上直升到丈夫了？

番外　藏在淚水中

朦朧中，身體不斷的下沉。

眼皮很重，沉重的讓他睜不開眼睛。

「學長，我來交這個會議紀錄……」

「哦，妳幫我放在桌上就可以了。」

隱隱約約有人說話的聲音，但下一秒他的耳朵徹底的被阻隔，外界的聲音他再也聽不到，就那樣沉睡在自己的夢中。

不知道過了多久，許翊堯睜開眼睛，緩慢的起身。

「你真的把這裡當自己的家欸……」秋易銘將他擱置在沙發上的那雙腿推了推，許翊堯轉身將腳放到地上坐好。

「走啦！該去上課了。」

「嗯……」許翊堯抹了抹臉，想藉此打起精神，卻在一邊的臉頰上摸到一些液體，他停下動作，看著手指上的透明液體。

「秋易銘。」

「嗯？」

「你吐口水在我臉上嗎？」

秋易銘無言，「我沒事幹麼對你吐口水？是你自己睡覺睡到流口水吧！」

「口水是從嘴裡流出來的，這是在臉頰上摸到的。」他正色。

「不然就是你剛剛睡覺的時候在哭。」

「躺著哭的話淚水會從眼角流出，然後滑落到耳朵。」他直接反駁他的言論，悻悻然道：「媽的，是誰趁我睡覺偷吐我口水？」

解不開的謎，他也不想再解，直接把那液體當作是被鹽酸潑到去廁所瘋狂的搓洗著自己的臉。

過幾天，系學會辦公室內瀰漫著一股難受的低氣氛，一團團的低氣壓包圍著每個社員，大家的臉色都不是很好看。

「有一部分的會費不小心弄丟了……」系學會的總務一臉害怕，她低下頭不安的說。

「怎麼會弄丟？」會長小扁冷冷的開口問，「錢不是都交由妳保管的嗎？」

「我……」總務雙手拉著自己的衣襬，快要掉淚，「我以為有人拿去交了說，昨天對方才打電話來說根本沒有收到錢。」

「金額多少？」

「場地承租費用一天大約六千左右，三天大概……快兩萬。」她的聲音越來越小聲，身子也開始發抖，「我真的以為有人把那些錢交出去了呀！」

「妳是總務，那些錢除了妳之外，誰會敢碰？」會長的聲音越來越冷。

「現在責怪也無濟於事。」許翊堯說：「妳錢是用信封袋裝著嗎?信封袋的大小、顏色等特徵紛紛對大家詳細說明，現在開始著手仔細尋找，辦公室內找完後大家回自己的住家找，說不定是有人不小心帶回去了。」他說完後，大家安靜的看著他。

「還不快點行動！」會長一吆喝，辦公室內的大家開始翻箱倒櫃的尋找著。

「妳最後看到錢是在什麼時候?」許翊堯上前叫住總務。

「上星期開完會的時候。」

「在這裡嗎?」

她點點頭。

許翊堯的視線漸漸的移到監視器的方向，這下好辦多了。

大家找到幾乎快要把辦公室給掀了，還是找不到那個信封袋，當大家一哄而散的回去自己租屋處繼續尋找的時候，許翊堯老神在在的將隨身碟插入筆電裡。

一天二十四小時，七天一百六十八個小時……有得看了。

他輸入密碼，打開影片檔，開始尋找著總務說的那個時間點。

滑鼠按著按著，加速鍵與減速鍵交替使用，他終於看到了上星期的總務從包包裡拿出信封袋，夾在一個資料夾裡，放在辦公桌上。

接下來的畫面，他眼睛都直盯著那個資料夾，然後開始慢慢的加速時間前進。

時間到了某天的下午，自己大剌剌的睡在沙發上，那位女孩拿著一張紙走了進來。

接下來發生的事，讓他的思緒停頓了，眼睛再也移不開那位女孩。

他不自覺抿了抿乾唇，手也不自覺的摸向自己的臉頰，上次那滴以為是口水殘留的位置。

原來，那是她的淚水。

「我喜歡的人真的是你……」

那天，眼淚在她的眼眶中打轉，急迫的想要向他解釋什麼，可是……

他思緒回到更久遠以前。

「好像每次只要跟易銘學長一有接觸，我的勇氣就多了一點點，懦弱就少了一點點，我希望我身上的勇氣會越來越多，多到……我能夠親口跟他說我喜歡他。」

許翊堯雙眼一垂，「到底在搞什麼？」

她喜歡的人是秋易銘，為什麼還要對他做那種事？

為什麼要偷吻他？

為什麼又會掉淚？

真的是因為喜歡嗎？但這怎麼可能？

他的眼神一斂，按了幾次退後鍵，「幹，前面沒看到。」

一百多個小時的影片，許翊堯他花了一天的時間就看完了，那個裝著信封袋的錢連同資料夾被系學會中的某個笨蛋收進了背包中，最後錢順利找回了，也順利租借到場地。

某天下午快接近六點的時刻，他一打開系學會辦公室的門就聞到酒味，沉著臉面無表情的望著沙發上的兩位女孩，「妳們……」他目光掃了過桌子上的那些瓶瓶罐罐，「妳們會不會太誇張了？」

「唉呦，學長，我們只是喝一下下而已，沒有太久，就只有那麼一下下……」黎櫻花邊說邊舉起大拇指與食指比出一個小小的距離。

「黎櫻花，身為學姊妳還這樣子？」許翊堯的語氣更加冷淡，又看向身為系學會會長的小扁，那個胖子竟然也在喝酒。

「許翊堯，你吃炸藥啊？之前你明明——」

「學姊！」李佑盈拉住黎櫻花的手制止她，然後跟他道歉：「學長對不起，我們馬上離開。」

「盈盈，幹麼離開？我有經過會長的同意欸！」黎櫻花一臉不悅。

「別說了學姊，我們離開吧！」

見她快速的將矮桌上的瓶子收拾好，然後匆忙的離開。

當門關上的同時，他無表情的看著那扇門。

「怎、怎麼了？」秋易銘被關門聲給吵醒，睡眼惺忪的抬起頭四處張望。

「她真的有經過我的同意。」小扁幽幽的說，「你把人趕跑幹麼？」

許翊堯不理他，把秋易銘從座位上趕走後，打開筆電。

「怎麼有本大一的物理課本在這裡……？」坐在沙發上的秋易銘迷迷糊糊的望著，「李佑盈？是盈盈的欸！」

「回宿舍時的順便拿去還她。」許翊堯冷冷的說，心中還想像著當李佑盈看到秋易銘把她的課本拿到她面前時，不知道會笑得多燦爛。

秋易銘沒有回答，腦中因為剛剛的酒醉有點疼痛，他無聊翻開了課本，卻發現到什麼似的開始加速的翻閱。

「阿堯，你要不要過來看看？」秋易銘說。

「看她課本幹麼？我沒興趣。」他直接拒絕。

「但我覺得你不看會後悔。」

「沒興趣。」他再次拒絕。

反倒是會長小扁，好奇的移了腳步過去，看了幾頁笑了開，「若這本是許翊堯的，他肯定是位自戀狂，哈哈哈哈……」

「你才自戀狂欸！」許翊堯不甘示弱的罵回去。

「你真的不過來看啊？」
許翊堯這才緩緩的抬起頭，「什麼鬼？」
「盈盈真的很喜歡你欸……啊！」秋易銘講完突然驚呼，「慘了，她叫我不要說的。」
許翊堯蹙眉，起身走到他們那邊，拿起課本翻閱的同時臉色也變了。
上百個思念的名字被記錄著，幾乎每一頁每個角落，隨便一翻幾乎就會看到他的名字被刻寫在裡面，尤其是書籤，他的名字密密麻麻的被寫上。
「……她是在詛咒我嗎？」還好沒有用紅筆寫，不然會短命。
「什麼詛咒？你也太不解風情了吧？我剛剛就跟你說盈盈她喜歡你——啊！我、我又說了。」秋易銘打了酒嗝，摀住自己的嘴決定不再說話了。
酒後吐真言，真的不能亂喝酒。
「到底怎麼一回事？」許翊堯看著他。
「沒事啦……」
「說。」他命令。
「就……就盈盈她喜歡你啊！」秋易銘說完又馬上接話：「拜託你不要說是我說的，我已經答應她裝作什麼都不知道了……」
許翊堯臉色一沉，「她喜歡我？這怎麼可能？」
「怎麼不可能啊？很明顯欸……不然我再舉個例子。」
「什麼例子？」
「就……前陣子，她有時候不是會送你她社團做的東西嗎？她是要送你吃的，結果你卻拿給我吃，經過幾次後，有一次她偷偷把我叫過去，叫我不要再吃她送你的食物，因為她說她喜歡的人是你，明明是要給你吃的結果你卻拿給別人，害她好傷心……」

許翊堯聽完臉色一沉，又看著課本上的那些字跡。

這她是在上課的時候，還是讀書的時候書寫的？

是因為在想他，所以才寫的嗎？

「學長，真的不是這樣的，我沒有利用你──」

他是一直看著她，但自從得知道她喜歡的人是秋易銘後，他就停止對她的注視了。

也難怪，自己會沒有發現。

更不知道自己在不知不覺中，傷害了她。

「學長，我……昨天不小心把課本遺留在這裡了……所以我來拿回我的課本……」

許翊堯指了矮桌的方向，然後一直盯著那位女孩看。

見她不知道為什麼滿臉通紅的看著課本，他起身，偷偷的繞到她身邊。

「學、學長？」女孩發現他的時候一臉驚訝。

他一把抓住女孩的臂彎，將她的身子拉直。

「妳說妳喜歡我，是嗎？」他低聲的問，雙眼注視著她。

女孩呆住，雙頰上的紅霞漸漸的暈開。

「是嗎？」他又問了一次。

這次，女孩怯怯的點了點頭，目光凝視著他。

他怎麼會沒有發現女孩注視他時的目光已經悄悄的轉變，轉變為『愛戀』的神情。

嘴角稍微勾起，他捧起女孩的臉，什麼也不說的就吻了下去。

這個吻，是因為她趁著他睡覺時偷吻他，他只是吻回來而已。

「妳要怎麼證明妳喜歡我？」

先前那一滴滴在他臉上的淚水，其實早就已經對他訴說著她對他的喜歡和思念了，只是他一直沒有發現。

番外　有妳的每一天

故事是高中時代的許翊堯與李語楓。

記憶中，那男孩總是很安靜，但女孩卻覺得他是故意在裝酷。

「許翊堯，拜託你嘛！當我的模特兒好不好？」李語楓雙手合併，哀求的表情。

「我不要。」許翊堯直接拒絕，「我不喜歡拍照。」

「為什麼啊？」李語楓不禁好奇，「你長得很帥啊！幹麼不多拍拍照留紀念啊？我會把你拍得很好看的！」

「我知道我長得很帥，但我就是不喜歡拍照。」許翊堯搔著頭，「拜託，我都拒絕妳很多次了，妳就死心吧。」

「吼！就幫一下同學嘛！班上男生只有你身高夠高、臉蛋又夠深邃，就只有你適合當我的模特兒，你就幫我嘛！」

「我不要。」說著，許翊堯直接轉身離去，後頭的李語楓見狀也跟了過去。

「許翊堯——」

「妳不要跟著我啦！」

「拜託啦——你只要答應當我的模特兒，我就不會再煩你了！」

「我就說我不要了！」許翊堯停在男廁面前，瞪大眼睛對著李語楓說：「我要進男廁，妳不要跟來！」

李語楓鼓起腮幫子站在男廁面前，走也不是，進也不是，就乾脆留在男廁門口好了。

「許翊堯——拜託你嘛！我只能求你了！你就幫我嘛！」

正在廁所裡的許翊堯驚嚇到，他轉頭看向外頭，在看到李語楓身影的同時整個無言，不禁罵了一聲髒話，趕緊將上完廁所後，走了出去。

「喂！這裡是男廁欸！妳怎麼這麼不自愛？」

對於李語楓對他窮追不捨的這行為他完全無言，好想將這女生腦子剖開看看裡頭有沒有『羞恥心』這個東西。

「誰不自愛啦？我又沒有踏進去！」李語楓聲音拉高，「就算踏進去了，也沒有什麼好看的啊！」

「……」

「喂你有沒有洗手啊？髒欸……」

「……」

他不理會她，轉頭直接走回教室裡，而後面依舊響起李語楓叫他名字的聲音。

「許翊堯——拜託啦！」

他，有點想殺人了……

在學校裡頭不放過他也就算了，連假日在家休息的時候也不放過，萬萬也沒有想到李語楓竟然會殺到他家來。

「許翊堯，拜託你嘛！你看我這麼有心，特地跑到你家求你欸！你就行行好嘛！」

許翊堯正坐在對面沙發冒著青筋與無數條的黑線，忍著即將快要爆發的情緒，就像是一根緊繃的弦，輕輕一扯就會斷裂一樣，他無語的望著眼前的這位女孩。

「求求你啦！」李語楓轉向許翊堯的媽媽，「阿姨，你幫我求他好不好，求他答應當我的模特兒啦！他是我萬中選一選到的欸！我一定要他當我的模特兒啦——」

「對呀！小堯你就答應人家嘛！當當這位女同學的模特兒呀！」

許翊堯的青筋正在抽蓄中，他瞪著李語楓。

「不然這樣好了！這次攝影比賽獎金第一名為五萬元，第二名三萬，第三名一萬，佳作也有三千，如果我得名了，我獎金通通都給你！如果沒有得名，算我自忍倒楣，我倒貼一萬元給你！如果只有佳作，我自己倒貼七千！」

許翊堯愣住，一臉不相信的望著她：「……真的？」

「真的真的！我不在意獎金有多少，我只是要證實我的實力而已，好不好？我這提議夠不錯了吧？」李語楓說：「你最多可以拿到五萬元，最少可以拿到一萬，這樣滿意嗎？」

他挑眉，最後答應，「好，就妳說的，最多五萬，最少一萬。」

李語楓見他答應，欣喜若狂，從沙發上跳了起來，「耶！太好了！」

「一言為定哦？妳可別想反悔。」

「是是是！我一定不會反悔的！要不現在就來寫契約簽字畫押啊！若我到時不給你錢，你可以拿這張契約去告我，把我告到死。」李語楓從包包中拿出筆記，然後在筆記上面書寫著，最後簽上自己的大名，然後將那頁紙撕掉遞給許翊堯。

「那請問我的模特兒何時有空呢？」李語楓開心的問。

「假日，還有，我不想有旁人在。」

「好好好，您說的是！嘿嘿嘿……那我們就下個假日的時候約在學校裡面囉。」

★

許翊堯為何不愛拍照呢？

據說他在國小的時候，有一次正在寫作業，那次的作業是要貼自己的生活照，觀看照片的他，看著看著也選到了他自己滿意的照片，然而卻也不小心把另外一張照片給夾進課本中。

隔天在學校翻開課本時，那張照片就那樣掉了出來，被隔壁的同學看到而撿起。

那是許翊堯露屁屁的照片，照片中的小小男孩裸著身子小小的雙手放在浴缸邊緣上，然後回過頭望著攝影者的方向，照片中的他相當可愛，但撿起照片的那位同學卻不是注意這個，而是——

「哈哈哈哈，許翊堯露屁屁啦！」

「哪裡哪裡？」

「這裡啊！」

過分的是，那位同學還故意不把照片還給他，到處張揚，惹到最後許翊堯還和他打起架來。

自從那天的隔幾天，班上的同學看到他都會說：「你的屁屁好可愛啊！」、「哈哈哈，屁屁許翊堯。」

甚至還多了一個綽號，叫許屁堯。

從此，他不愛拍照，對拍照這件事厭惡之極，反感的要命。

楓葉滿地，秋天的美景就在眼前。

「欸，我的帥模特兒，你到底為什麼不愛拍照啊？」李語楓調整焦距，先試拍了幾下。

「這個問題我不想回答。」許翊堯冷眼以待。

「真兇啊……難怪你喜歡的人不喜歡你。」李語楓無心的一句，讓許翊堯的眼神更加的冷漠，他冷漠的看著眼前這位欠揍的女孩。

「呃，對不起啊！我不是故意的。」李語楓過了十秒才發現自己說錯話。

……最好不是故意的。

他輕嘆了一口氣，懶得跟對方吵架，眼神轉向別處，內心卻因為李語楓無心的話而起了些漣漪。

那時站在楓樹下面的他想起了那曾經停留在心中的女孩，明明想對她說出什麼話來，卻又說不出口……

最後，只能望著那女孩的背影離他越來越遠……

高二分組後，就再也沒見在那位女孩了，也漸漸的，那位女孩走出他的心中。

而此時，李語楓也拍下了這張得到全縣第二名的照片。

★

時光跳躍，來到夕陽光線斜照進來的大學走廊上。

「那學長，我現在幫你拍一張好不好？」

「不要。」許翊堯他馬上回絕。

女孩微愣，隨即說：「好吧學長，那我去拒絕我同學，畢竟……也不能逼你做你不喜歡的事情嘛！」

他凝視著眼前的女孩，看著她將手機給收回口袋。

「那……小學妹。」不知道怎麼的，他突然想要捉弄一下眼前的這位小學妹，「妳可以拍，但是必需在我完全不知情的時候拍，而且我的五官都要拍得很清晰，不能被遮擋住，若妳拍到的話，去洗出來，我就幫妳在上面簽名。」

說完後她懊惱皺眉的樣子他都看在眼裡。

這時候的許翊堯還沒有喜歡上李佑盈，會說那些話純粹只是覺得對方很有趣，時不時的就因為發呆而被嚇到，被嚇到的姿勢行為每次都不同，有時單純尖叫而已、有時手慌亂的像毛毛蟲一樣動來動去，有時俏皮的跳來跳去。

他覺得李佑盈的思維跟一般女孩子不同，單純的可愛，也俏皮的惹人喜歡。

原本自己以為只將對方當成妹妹一樣的疼愛，卻在發現對方眼神注視著別的男生的同時，莫名的覺得胸悶。

想來想去，他也納悶著自己怎麼會喜歡上一個……有點怪的女孩。

到底是怎樣的怪女孩呢？

「好吧，學長，不說笑話了，來猜謎。」

「妳說吧。」

「世界上哪一種動物喝不醉？」

「動物不會喝酒吧？」

「腦筋急轉彎啦！動物當然不會喝酒啊！」

「……我想不到。」

「猜猜看嘛！」

「我真的想不到。」

「好，那我要公布解答囉——？」

「妳說。」

「答案是青蛙。」

「青蛙？為什麼？」

「因為，有一首歌的歌詞是：蛙某醉，蛙某醉，蛙某醉……。」

這樣的女孩，不形容怪，那可以形容成白癡嗎？

最後他們交往了，雖然過程之中有些誤會，但最後還是在一起了。

當李佑盈將許翊堯帶回家中的時候，只有姊姊李語楓在，而爸媽則外出晚點才會回家。

李語楓望著這位只有一年多沒見到的高中同學，先像是觀察生物的在他身邊繞了一圈，沉思的表情、好奇的表情、疑惑的表情、疑慮的表情，眾多的表情在她臉上呈現，最後她坐回沙發上收起剛剛那些表情，「許翊堯，你跟我妹在交往，是不是要跟著她叫我姊姊啊？」說完後自己哈哈大笑。

「我為什麼要叫一個年紀比我小的人姊姊啊？」許翊堯冷語說道。

「拜託，我們也才差幾個月欸，又沒有小很多。」李語楓翹著二郎腿，雙手盤在胸前，一副大刺刺的居家式模樣，「叫我姊姊。」

「我不要，就算差一天，妳還是比我小啊！」

李語楓歪著頭，「喔隨便啦！不過你真的都沒有變欸……那頭髮是怎麼一回事？你在學韓星嗎？」

「……」

「明明長得人模人樣，染上頭髮看起來好像不良少年、花花公子。」她湊向前，「有沒有人說你這樣很風流？」

「……」

「幹麼用那種表情看我啊？哈哈哈……」

若不是李語楓正巧是他女朋友的姊姊，否則他真想永遠都不要再見到這瘋子。

★

在某一日，女孩好奇的問著他：「學長，你當初……怎麼不是喜歡我姊姊啊？」

許翊堯聽了瞬間瞪向她，「……小學妹？」在吐出這三個字的同時他的眼光變得冷淡。

「呃……我……我不是那個意思啦！我只是好奇，真的只是好奇而已！」女孩慌張的握住他的手，「因為很多人都說我跟姊姊的個性很像啊！」

他愣住，「……這話誰說的？」

「身邊認識我跟我姊姊的親戚朋友。」

他蹙起眉，直接否認，「哪有！一點都不像好嗎？」

「不像嗎？」

「超級不像。」他說：「妳姊姊精明，個性卻像男人婆，妳蠢，但卻純真可愛。」

李佑盈呆了幾秒，「你……我……學長我哪有蠢啊？」

「妳哪沒有？我有時候都懷疑妳的腦袋不見了。」

「什麼啊？哪有？我很聰明的好不好？」她嘟起嘴。

許翊堯看著她現在的表情，嘴角一勾，「好，妳就維持這樣的表情。」

「啊？」見到對方的表情變得邪惡，李佑盈不自覺的後退，「你、你、你你你你想幹麼？」

「妳覺得咧？把嘴巴嘟起來。」

「才不要咧。」

「不要的話我來幫妳。」說完他直接一手扣住她的腮幫子，稍微加點力道的一捏，把對方的雙頰給壓下去，讓嘴嘟了起來。

「嗚嗚嗚——」李佑盈發出抗議聲，瞪大著眼睛。

他故意將臉靠近，下一秒果真見到她的臉瞬間紅一片，他滿意的笑了開。

有這女孩的每一天，他定是快樂的。

要青春29　PG2046

要有光
FIAT LUX

一眼望見你

作　　者	倪小恩
責任編輯	陳慈蓉
圖文排版	詹羽彤
封面設計	葉力安

出版策劃	要有光
發 行 人	宋政坤
法律顧問	毛國樑　律師
印製發行	秀威資訊科技股份有限公司 114台北市內湖區瑞光路76巷65號1樓 電話：+886-2-2796-3638　傳真：+886-2-2796-1377 http://www.showwe.com.tw
劃撥帳號	19563868　戶名：秀威資訊科技股份有限公司 讀者服務信箱：service@showwe.com.tw
展售門市	國家書店（松江門市） 104台北市中山區松江路209號1樓 電話：+886-2-2518-0207　傳真：+886-2-2518-0778
網路訂購	秀威網路書店：https://store.showwe.tw 國家網路書店：https://www.govbooks.com.tw
總 經 銷	聯合發行股份有限公司 231新北市新店區寶橋路235巷6弄6號4F 電話：+886-2-2917-8022　傳真：+886-2-2915-6275

出版日期	2018年5月　BOD一版
定　　價	330元

國家圖書館出版品預行編目

一眼望見你 / 倪小恩作. -- 一版. -- 臺北市 : 要有光,
2018.05
面； 公分. -- (要青春 ; 29)
BOD版
ISBN 978-986-96013-9-9 (平裝)

857.7 107004148

讀者回函卡

感謝您購買本書，為提升服務品質，請填妥以下資料，將讀者回函卡直接寄回或傳真本公司，收到您的寶貴意見後，我們會收藏記錄及檢討，謝謝！如您需要了解本公司最新出版書目、購書優惠或企劃活動，歡迎您上網查詢或下載相關資料：http:// www.showwe.com.tw

您購買的書名：＿＿＿＿＿＿＿＿＿＿＿＿＿＿＿＿＿＿＿＿

出生日期：＿＿＿＿＿年＿＿＿＿＿月＿＿＿＿＿日

學歷：□高中（含）以下　□大專　□研究所（含）以上

職業：□製造業　□金融業　□資訊業　□軍警　□傳播業　□自由業

　　　□服務業　□公務員　□教職　□學生　□家管　□其它＿＿＿

購書地點：□網路書店　□實體書店　□書展　□郵購　□贈閱　□其他

您從何得知本書的消息？

□網路書店　□實體書店　□網路搜尋　□電子報　□書訊　□雜誌

□傳播媒體　□親友推薦　□網站推薦　□部落格　□其他＿＿＿＿＿

您對本書的評價：（請填代號　1.非常滿意　2.滿意　3.尚可　4.再改進）

封面設計＿＿　版面編排＿＿　內容＿＿　文／譯筆＿＿　價格＿＿

讀完書後您覺得：

□很有收穫　□有收穫　□收穫不多　□沒收穫

對我們的建議：＿＿＿＿＿＿＿＿＿＿＿＿＿＿＿＿＿＿＿＿

＿＿＿＿＿＿＿＿＿＿＿＿＿＿＿＿＿＿＿＿＿＿＿＿＿＿＿

＿＿＿＿＿＿＿＿＿＿＿＿＿＿＿＿＿＿＿＿＿＿＿＿＿＿＿

＿＿＿＿＿＿＿＿＿＿＿＿＿＿＿＿＿＿＿＿＿＿＿＿＿＿＿

請貼
郵票

11466
台北市內湖區瑞光路 76 巷 65 號 1 樓
秀威資訊科技股份有限公司 收
BOD 數位出版事業部

……………………………………………………………………………………

（請沿線對折寄回，謝謝！）

姓　　名：＿＿＿＿＿＿＿＿＿　年齡：＿＿＿＿　性別：□女　□男

郵遞區號：□□□□□

地　　址：＿＿＿＿＿＿＿＿＿＿＿＿＿＿＿＿＿＿＿＿＿＿＿＿

聯絡電話：(日)＿＿＿＿＿＿＿＿＿＿＿(夜)＿＿＿＿＿＿＿＿＿＿

E-mail：＿＿＿＿＿＿＿＿＿＿＿＿＿＿＿＿＿＿＿＿＿＿＿＿